戦争の時代を生きぬいて

じいちゃんの青春

秋月枝利子

海鳥社

カバー、表紙装画、本文挿入画・渡辺知子

はじめに

「じいちゃん」こと秋月定良は私の父です。その父の戦争中の思い出を素直に聞けるようになったのは、私が五〇歳を過ぎた頃からです。

父にとっての戦争は、敵との戦いでなく、空腹との戦いのようでした。明日食べるものがあるかどうかの不安をいつも抱え、初年兵という兵隊の末端の立場のため、移動するにしても行く先も知らされず、ともかく列車に乗り、船に乗り、貨車に乗り、一日に四〇キロ歩くという話でした。

中国人の農家から食料を盗んで飢えをしのぎ、雨に濡れたら、濡れたまま歩き続け、入浴も洗濯もない不潔で不衛生、不快な環境で過ごすしかなかったという辛く、情けない話です。

空腹による栄養失調と疲労で多くの戦友が亡くなり、出発時は六〇名以上いた同期の中で、生きて帰国できたのはわずか一〇名位だったという悲惨な話でもあります。

こんな、非人間的で、残酷な話は聞いていても不愉快になり、実際に思わず「戦争の話なんか、やめて」と声を荒げて父に言ったこともあります。

しかし、父の話を聞いていると、今日、明日いつ死ぬかもしれない悲惨な状況の中にも、人間の生活がありました。考えれば当たり前ですが、食べて、寝て、人と交流しなければ人間は生きていけません。

戦争映画やドラマを見ると、戦うことだけが戦争のように思えたりするのですが、決してそうではないのです。何をどのように食べているか、どのような場所でどのように寝ているか、誰と出会い、どのように触れ合うかは、どのように生きているかです。

中国人との交流も、敵味方に完全に分かれているのではなく、話を聞くと不思議なことがいっぱいありました。戦争は人間性を凝縮するようにさえ思えます。

父が戦争で何を感じ、何を失ったのか、忘れてはいけないことと思い、父の話をテープにとって繰り返し聞いているうちに、父の戦争の記憶を記録にしてみようと思うようになりました。

父が戦争に行ったのは第二次世界大戦が終わる一年前の一九四四年（昭和一九）年九月一五日。長引く戦争で戦地は兵隊が不足、その補充兵としてでした。

連合軍は一九四三年には戦後処理の話し合いを始めていましたが、日本は戦い続けていました。日清戦争の賠償金をもって当時の最先端の知識で造った八幡市（現・北九州市）の八幡製鉄所が空襲にあい、生活物資が不足し、敗戦の色が濃くなっている頃です。

注　第二次世界大戦は、一九三九年にヒトラーが率いるドイツ軍がポーランドに侵攻したことに対してイギリス連邦、フランスがドイツに宣戦布告して始まる。それからの六年間、一九四五年にかけ、日本、ドイツ、イタリアの三国同盟を中心とする枢軸国陣営と、ソビエト連邦、アメリカ、中華民国などの連合国陣営との間で戦われた。戦火は文字通り全世界に拡大し、人類史上最大の戦争となった。

戦争が始まったころの、「祝入営○○君」と書かれた旗と万歳で華々しく送られる光景はすっかり見られなくなり、徴兵検査の対象者も満二〇歳から一九歳になり、合格基準が屈強な男子から健康な男子へと緩められ、徐々に四〇歳以下の男子は日本にいない状態になっていました。

そのため、最初に渡された軍服は、九月なのに厚い冬用。武器は小刀《こがたな》が五人に一本というありさまでした。

わからないことを父に質問をすると、父の目は輝き、話を聞けば聞くほど思い出すことがありました。

考えてみると、私は戦後生まれの多くの子供のように、父親は仕事が忙しくて家にいず、いても疲れて休んでいる姿しか見ていません。二十代、三十代、四十代と会話した記憶もほとんどありませんでした。

私が父の話に興味を持ったきっかけは「戦争で行った韓国釜山駅から中国に向かう列車で、生れて始めてリンゴを食べた」と聞いた時です。今、スーパーやデパートの食品売り場に当たり前のように積み上げられているリンゴは、九州にはなかったというのです。

戦争の話を聞いていると、いつしか大分県宇佐市四日市町葛原《くずわら》の農家に生まれ育った、父の幼少期の話にもなりました。私も小学校時代の夏休みは三歳年下の弟・敏朗と過ごした田舎で、父の実家の前のえんえんと広がる田んぼや遠くに見える山々、メダカが泳ぐ水のきれいな前田川などの風景の記憶があります。しかし私の小学生時代と父の時代には、大きな違いがありました。子供たちは、皆驚くほど働き者でした。

自然環境や世の中の様子が変わっても、現代と同じように思えることもありました。軍隊の階級制度は、少し前までの大企業の序列のように思えました。

そして、人の心もです。戦争で心を病むといえば、悲惨な体験で心が傷つくPTSD（心的外傷後ストレス障害）だけと思っていましたが、それでだけではありませんでした。戦争が終わったことで心を病む人もいたのです。自ら志願して軍人になった職業軍人は、戦争が終わることで自分の生きる場所がなくなりました。このことは、仕事中心に生きてきた人が、定年退職を迎えて生きる場所を失う現代と重なりました。

また現代ならではのことと思い込んでいた、女性からのプロポーズとスピード婚を両親がしていたことにも驚きました。

時代によって変るものも、変わらないものもある。知っているつもりで知らない、わかっているつもりでわかっていない話が父の話にはたくさんあったのです。

注　心的外傷後《しんてきがいしょう》ストレス障害（Post-Traumatic Stress Disorder）とは、外的内的要因による衝撃的な肉体的、精神的ショックを受けた事で、長い間心の傷となってしまうことを指す。

戦争から生きて帰ることができた人はいくつかの幸運と、体力と気力に恵まれた人です。それも、多くの亡くなった人ぬきには語れません。

平和であることが、当たり前のように過ごしている現代。苛酷な環境の中で死に、そして生きていた人がいるから、今の私たちが生きている。そう心から思えるようになったのは父の話を聞いてからです。

誰もが両親がいて、祖父母がいて、誰にでも青春の時があります。そして、食べて、寝て、人と触れ合って生きています。「じいちゃんの青春」としたのは、戦争最後の初年兵となった父は九〇歳で、孫世代に体験を伝えることができるギリギリの年齢だからです。

空腹を感じることのない現代、秋月定良の戦時中の体験を通して、平和について考える機会にしていただければ幸せです。

二〇一四年四月

秋月枝利子

じいちゃんの青春　戦争の時代を生きぬいて◉目次

じいちゃんの青春

戦争の時代を生きぬいて

ふるさと葛原の記憶

生まれは台湾・台北市

定良が生れたのは一九二四（大正一三）年四月九日、台湾の台北市だが、定良には、台北での記憶はほとんどない。台湾で生まれたのは、定良の父・隆《たかし》が日清戦争後に植民地になった台湾に、徴兵されて現役兵として派遣され、退役後に台湾の巡査として勤めたためである。定良は五男で、さらに弟が一人誕生する。兄妹七人全員が台北生まれであった。定良の兄四人と姉は台北の旭小学校に通った。

当時は、兄妹が四人や五人はざらで、珍しいことではなかった。「貧乏人の子だくさん」という言葉があり、貧しいのに子だくさんの時代だった。

一九二九（昭和四）年、定良が五歳の時、父・隆が生まれ育った大分県宇佐郡四日市町葛原《くずわら》（現・宇佐市四日市町大字葛原）に家族全員で戻った。定良は、日本に戻ってきた船の名前が「朝日丸」だったということを記憶している。そして、これが台湾に関する記憶のすべてである。

宇佐郡四日市町葛原

父の故郷である宇佐郡は大分県の北部、国東半島のつけ根の西にあり、平安時代、和気清麻呂が皇位相続の神託を伺った八幡宮の総本宮・宇佐八幡宮がある宇佐町。そして、宇佐町の隣にある四日市町は、本願寺西別院と東別院があり、古くから門前町として栄えていた。

注　東西本願寺別院の大伽藍が隣接して建てられていて、本願寺の東西の別院が近接しているのは他の地域では見られない風景。九州御坊《ごぼう》と呼ばれた浄土真宗の別院が創設されたのは一六世紀後半、石山本願寺の顕如《けんにょ》上人に帰依した宇佐郡の豪族・渡邊蔵人統綱《わたなべくろうどむねつら》（出家して専誉《せんよ》）の創建した草庵が始まり。

手前の塀と山門は東本願寺別院、奥は西本願寺別院

当時の四日市町は人口は約三千人余り、郵便局、警察、町役場などの公共施設があり、銀行、産婦人科病院、内科医院、歯科医院、薬局、そして劇場、料亭、お茶屋、花屋、仏具店、本屋、パン屋、魚屋に遊郭*など一通りの店があり、銭湯と肉屋それに写真館は二軒あった。

町から歩いて一五分の葛原は、田んぼの中に三〇軒の農家が点在する小さな集落である。

家の前には雨季から夏の終わりまで、雨蛙の鳴き声が賑やかな田んぼが広がり、その向こうは桑畑、景色の果てに八面山《はちめんざん》、お仏飯山《ぶっぱんやま》、双子山《ふたごさん》、御許山《おもとさん》が連なって見えた。海は見えないが、周防灘までの距離は四キロなので、潮の香りが微かにする典型的な日本の農村だった。

近所の家は耕す広さは違っても、お米や野菜を作って生活していた。

家の向かいに豆腐を作っている店ともいえない家があった。おじさんはもう亡くなっていたが、おばさんが豆腐を

作り、息子は農機具を扱う鍛冶屋だった。

右隣の家の先は突き当たりで、左にあぜ道があった。そのあぜ道を歩くと右に貴船神社、その奥に秋月家の菩提寺である禅宗の華蔵寺がある。あぜ道を二分ほど歩くと少し大きな道に突き当り、集落で唯一の雑貨店があった。昔風のコンビニエンス・ストアで、塩、味噌、醤油などの調味料に駄菓子、文具もあり、ここで酒も買え、郵便も出せた。

家の左隣りの小さな畑の先には前田川が流れていた。幅二・五メートル位で膝までの深さの小さな川だが、川底が見える澄んだ水が流れていて、メダカ、マフナ、ニガフナ、ハヤ、ウナギ、ドジョウ、シマドジョウ、ナマズ、ドンコ、

注　当時は公娼制度が一定の条件で認められ、遊郭は公認の売春を仕事とする遊女がいる所。

シジミ貝、カニにエビもいた。

主婦たちは、前田川で野菜を洗い、洗濯をし、おしゃべりの花も咲かしていた。

台所も風呂も井戸水を汲んで使っていたので、水はとても貴重だった。

お風呂に入る時も、かけ湯はしなかった。お風呂に水を汲むのが大変なのと、流した水は便所の肥え壺（大小便を貯める壺）に流れるので、肥え（大小便）があふれないようにするためである。肥えは畑の肥料として大事なものだった。

かけ湯がないということは、当然石鹸も使えない、というか、家に石鹸はなかった。お風呂に入るのは、現代のように身体を清潔にするためのものではなく、温まるのが目的。夏は、ちょうど大人が一人座れる大きさで、アルミ製の大きな洗面器のようなタライの中で汗を流した。汗をかく季節の洗顔は前田川まで走って行ってすました。タライは洗濯板を入れ、洗濯をするのが一番の役目だった。そのため、四日市町の銭湯に初めて行った時はどのように入ったらよいかわからず、入っている人の動作を見て真似しながら入浴した。風呂は温まるだけでなく、身体を洗うものだと、このときに初めて知った。

雑貨店に練り歯磨きと粉歯磨きが売っていたが、秋月家の歯磨きは指に塩をつけてしていた。都会では電気、水道、ガスが普及しつつあったが、田舎では裸電球が唯一の文明だった。四日市町にはあったが、葛原にはラジオのある家は一軒もなかった。

農家の一年と子供の仕事

父の隆は葛原に戻り、四日市町役場で書記として勤め始めた。この勤めで現金収入はあったが、七人の子供に教育を受けさせ、食べさせるには不十分で、四反（一反は約〇・〇九九ヘクタール、三〇〇坪）の農地を耕していた。

定良は農家の五男として、小学校の五年生になった時から二〇歳で入営するまで、見た

ちと一緒に農作業を手伝った。子供の仕事は、親や兄の下働きや使い走りだが、立派な戦力だった。

畑仕事を手伝うのは年齢で決まるわけでなく、身体が労働に耐えられるか否かで決められた。

多くの小学校の講堂には、フランスの農業の風景を描いた画家ミレーの「落ち穂ひろい」がなぜか架けられていた。

大分地方の農家は、主な耕作として米を作り、同じ田んぼの裏作で麦を作っていた。農家が一番忙しい田植え、稲刈り、麦刈の時期は、すべての学校が一週間から一〇日間、農作業のための休みになった。非農家、つまりサラリーマンや商売をしている家の子供も、先生に連れられ、繁忙期の農家に勤労奉仕に行った。日本中が農業を応援しているようだった。

繁忙期以外も、田植えや稲刈りの準備、稲や麦の成長に合わせて周辺の草むしり、稲の脱穀《だっこく》、麦播《むぎま》き、麦踏みなど、朝早くから学校に行くまで、また学校から帰っても仕事はいっぱいあった。

春四月、苗代《なえしろ》で稲苗《いねなえ》を作る。苗代とはイネの種子である籾殻《もみがら》つきの玄米を密に播いて、発芽させ、田植えができる大きさの稲苗を育てる田である。

六月、麦刈りが終わると、麦用の畝《うね》を馬に引かせた鍬《くわ》で平面にし、畝《あぜ》で囲んだなかに水を引き入れて田植えが始まる。大人がする田植えの下働きとして、子供が「苗取り」をする。「苗取り」とは、両手で苗を引き抜き、適当な量を藁《わら》でくくって、持ち運びをしやすくする事である。作業がしやすいように、苗代に腰かけを持ち込んで作業した。

田植えの準備は各農家がそれぞれでするが、田植えは集落全体の共同作業だった。

今日は上区、明日は下区と、決められた場所の田んぼにシュロで作った縄を縦横にはり、一列に集落の大人たちが並び、縄の赤いしるしにそって一株一株手植えした。

集落全体の田植えが二〇日くらいで終わると、早苗祭《さなぼり》*といい、ご馳走を作って祝う休日があった。

注　「正条植」といい、縦横真っすぐ苗を植えるようになったのは一九〇〇年後半からの国の耕地整理事業によってである。真っすぐに植えられた田んぼは管理しやすく、収穫量の計算もしやすいが、それまでより腰をかがめる作業が増え、重労働になっていた。

注　「さなぼり」は、田植をする期間中、田にいた神様が、田植えが終わると天に帰って行く「早《さ》上《のぼ》る」からきた言葉で、田の神様に感謝し、豊作を祈る行事だった。

夏の草取り
のどのかわきと
空腹を
みたすための
水。
グ

田植えが終わって一週間もすると、もう雑草が生える。

その雑草を取るのは、子供の仕事である。雑草取りは三段階あって、最初は、雑草が生えないように、小さな芽を「八段取《はちだんと》り」という土の表面を押しつぶす道具で押していく。

次は回転爪がついた「田打車《たうちぐるま》」という除草機で、稲の株と株の間の雑草を押して回る。朝早くから、草取機を肩に担ぎ、大きなやかんを手に提げて草取りに出かけるのは夏の風物詩で、やかんの水は喉の渇きを癒すだけでなく、空《すきっ》腹《ぱら》も満たした。

「空腹一時《いっとき》」とか、「水飲み百姓」という言葉はここから出たかもしれない。

そして最後は、四つん這いになり、稲の間で少し大きくなった雑草を手で抜き取った。

そのあと取った草を、足で踏み込んで行く作業もあった。

毎日、朝早くから昼まで作業をし、昼食、昼寝休憩の後、また午後三時から日が暮れるまで全身汗まみれで作業をした。

七月三一日から、八月一日、二日と三日間、宇佐神宮の御神事・夏越祭《なごしまつ》りがあり、この時は汗まみれの手伝いは小休止。親からお小づかい五〇銭がもらえた。

稲穂が目に突き刺さった傷に耐えながら、草むしりが終わるころ、ちょうど夏休みが終わる。

九月になれば新学期で、一〇月に始まる稲刈りと取り入れの準備に入る。

この頃の子供の仕事は、刈入れのために必要な莚《むしろ》や叺《かます》、米俵《こめたわら》などの補修や、不足分を作ることだった。

まずしなくてはいけないことは、藁《わら》を柔らかくするため藁打ちである。朝早くから学校に行くまで、定良が石の上で藁の束を廻すと、兄が杵《きね》でうって柔らかくする。その柔らかくなった藁で、今度は縄をなう（編む）。その縄で、敷き物にする莚《むしろ》を編む、次に、籾米を入れるための叺《かます》を、莚を二つ折りにして袋状にしてつくる。次に玄米を入れる米俵を、藁を筒状の袋に編んでつくる。もちろん、学校から帰っても作業は、延々と続く。

学校や仕事で、日中作業をする人手がない秋月家は、「飯の内仕事」といって、朝食を食べる前に仕事をした。「飯の内仕事」は、他の農家も当たり前のことで、早い時は朝三時に起きた。朝といえ、真っ暗だった。また月明りや提灯《ちょうちん》を頼りに、稲刈りをすることもたび

おなかいっぱい3食
食べるためには
田植え 草取り などなど
休むヒマなし
トントン
トントン
♪さだよしは〜ワラをうつ〜
♪なわもなう〜

たびあった。

稲穂が実る九月の半ば、(旧暦の八月一五日)には、その年に亡くなった人を供養するお盆がある。

子供たちも盆踊りを仕切る大人たちについて、亡くなった人がいる家の前にいき、唄い、踊って、死者の霊を偲び、慰めるのだ。

盆踊りは、太鼓をたたく人、「くどき」といって唄を唄う人、踊りをリードする大人たちがいたが、三番目の兄・忠雄は「くどき」が上手く、父・隆は一番先に踊りだす踊り好きだった。

唄は「揃った揃ったよ　踊り子が揃った　タツコラ　サノサ」と始まり、踊り手の合いの手が「ソレーヤ　ソレーヤ　ヤトヤノソレサ」と応え、「稲の出穂より、よく揃った」と賑やかに続く。供養が主体なのか、老若男女が揃って、唄い踊ることが主体なのかわからないほど、我を忘れて唄い踊り、楽んだ。

集落の女性たちや女の子の色とりどりの浴衣姿も、華やかな気分を増した。

お盆が過ぎ、秋風が吹くころになると、稲穂が重くなり、黄金の波を打つ。

一〇月は運動会があった。一年に一回、学校の運動場に家族全員が集まる。走ったり、踊ったり、兵隊ごっこのような競技をして、親兄弟に子供の元気さを見せる機会だった。定良も張り切って走った。

そして、運動会で何よりうれしいのは、お昼休みに大好物の卵焼きと蒲鉾《かまぼこ》の入ったお弁当をいただくこと。卵焼きは、正月、お盆、運動会、祭りの四大行事にしか食べることができないご馳走だった。

運動会が終わると、稲刈りが待っていた。学校は一週間から一〇日間の稲刈り休みに入る。

秋の稲刈りは、大人や上の兄たちが稲を一株一株鎌で刈り取り、五株を一束に縛《しば》って田んぼに並べ、後で一カ所に集める。子供は、大人たちの指示で下働きと使い走りをする。

次は、刈った稲穂から籾米《もみごめ》を採る作業がある。

「足踏式脱穀機《あしぶみしきだっこくき》」といい、表面上にn字の形をした針金がぎっしりついた、長さ八〇センチ、直径五〇センチの円筒を稲穂にあて、足踏みで回転させる。すると、n字の針金が稲穂から籾米だけを引っかける仕組みになっていた。籾米を叺に入れ、脱穀機のある場所から、兄のひく車力（木製の車輪が二つの荷車。リヤカーが登場する前に使用されていた）に乗せ、定良が後押しをして家に帰ると、放し飼いにしている鶏が籾米の臭いを感知し、待ちかねたようにサッと近づいてきて、車力や服からこぼれる籾米をつついた。

鶏は放し飼いで、世話をする必要はなかったが、重要な力仕事をする馬牛の飼料作りの藁切りや水やりなどの世話は、三六五日欠かせない子供の仕事だった。

持ち帰った籾米は、家の前庭一面に並べた莚の上に広げて、二、三日干し、一日籾倉《もみぐら》に入れる。

後日、乾燥した籾米から殻の籾を除き玄米にする「籾すり」をする。「籾すりの機械」を持った、元相撲取りの中村さんが、集落を一軒ずつ廻り、籾米から玄米をつくり、米俵に入れる。

籾すりも、田植え同様、集落隣近所が助け合っての共同作業だった。また、籾すりの日は、一年の収入を計算し、計画する日でもある。

秋月家が耕す四反（一二〇〇坪）の農地の半分は自分の農地の自作、半分は地主の土地を借りて耕す小作で、年に四〇俵（一俵が六〇キロ）位のコメを収穫した。一〇俵は自宅用、一〇俵は徳米（土地の借り賃を収穫の八分の三）として隣の集落の地主に納め、残りを農業組合（後の農協）に売っていた。

秋月家には桑畑はなかったが、葛原のほとんどの農家は桑畑を持ち、春と秋、養蚕《ようさん》をしていた。そのため、春と秋の桑の葉が茂る二カ月間、蚕の世話と蚕に食べさせる桑の葉を摘む仕事も加わった。これも、女性と子どもの仕事だった。

蚕からできる絹は、大正時代からこの頃まで日本の主要な輸出品で、農家の貴重な現金収入になっていた。そのため蚕は親しみをこめて「お蚕《かいこ》さん」と呼ばれていた。

そして、籾すりの日はご馳走を作って、収穫を祝った。

一〇月、稲の収穫が終われば、田んぼは麦の季節になる。

畦道《あぜみち》に囲まれて、平地だった水田から水を抜き、牛や馬に鋤《すき》を牽《ひ》かせて、麦を植える畝《うね》をつくる。畝づくりが終われば、麦が良く育つように土を柔らかくするための、細かく砕く作業がある。畝の上に通称「飛行機」と言われていた機械を載せる。上から見ると、左右に翼を広げたようになっているので飛行機なのだ。両翼部分の下に、鉄製の刃がついていて、牛か馬が牽く動きで、刃が土を細かく砕く仕組みになっていた。

大人が牛を牽いるのを見ていると、「定良ちゃん、飛行機乗るかい」と聞かれる。「うん」と喜んで応え、その両翼の中央部分に乗る。すると、乗ったことのない飛行機に乗っているような気分になった。

そして、麦播《ま》きが終わると麦踏みと作業が続く。麦踏みは、麦の芽を踏んで行く作業で、そうすると強い麦になるのだと教えられた。

一二月九日から一週間、四日市の西本願寺と東本願寺の別院で、浄土真宗の開祖・親鸞聖人を法要する、「お取《と》り越《こ》し*」がある。見世物小屋や、露店、屋台が立ち並び、信者が宇佐郡（現・宇佐市）全体から大勢きて賑わった。

定良の家は禅宗なので信者ではないが、お祭りが楽しくて、もらった五〇銭のお小遣いをもって、毎年二、三回は行った。

「のぞき」といって、お金を入れて五分くらい動く画面を覗いた時は、感動した。

「お取り越し」前後にしなければならない重要な仕事が、一年分の燃料の調達だ。集落でお金を出し合い、雑木林の一区画の雑木を買い取って、切り倒し、牛や馬で運んで持ち帰った。そのぞれの家の竈《かまど》や風呂場ですぐ使えるように、斧《おの》で薪割《まきわ》りをするのも子供の仕事の一つだった。積まれた薪の量は、その家の収入に比例していた。

「お取り越し」が終わると、各集落ごとの神社でお祭りがある。朝早くからお神楽があり、笛太鼓の音に子供も大人も胸を踊らせて見学した。夜は親戚が集まって楽しい夕食をした。

注　京都の本山・本願寺では一月一六日の親鸞聖人の命日に行う御正忌報恩講《ごしょうきほうおんこう》という法要を、別院では、一カ月早く開催することから、お取り越しという名称がつけられた。

正月じゃ!!
のものも
酒

かつては子どもたちの遊び場だった葛原古墳

親戚の人からもらう小づかい銭も、楽しみの一つだった。

二月は旧暦*の正月があり、餅つきがあって、お餅に、大好きな卵焼きと蒲鉾のご馳走があった。

そして、兄から弟へ、服や下着を順送りするのも正月行事の一つだった。お下がりだけでなく、年に一回下着一式を買い変えてもらった。新しい下着に着替えると、今までの洗いざらしの下着より、ずーと暖かかった。現代のような、お年玉はなかった。

旧正月から三月までの農閑期が、学校から帰って勉強したり、遊ぶことができた。遊びは、葛原古墳*でチャンバラごっこや戦争ごっこをしたり、神社に設えられた土俵で相撲をとった。

子供たちは歴史的に貴重な古墳の価値もわからず、葛原古墳の形がお椀を伏せたように丸いので「まるやま」といって遊び場にしていた。

六年生になって行く修学旅行は、福岡県の博多。木造でないセメントの家と、五階建ての玉屋デパートを見て驚いた。

一度だけ、尋常高等小学校の時に、姉の君江が中津市（大分県の北西端、福岡県に近い）まで洋画を見に連れて行ってくれた。映画の題名は「望郷」、主演はフランスの名優ジャン・ギャバン。

「豆スープのような濃い霧の夜だった」という最初のセリフが耳から離れず、ヨーロッパの風景とともに、定良の食生活にない豆スープの味を想像した。

一年を振り返ると、重労働の節目節目に、祭りの唄や踊り、お神楽や笛や太鼓の音、見世物小屋に露店と屋台、ごほうびのご馳走やお小遣いがあり、きついながらも頑張れるようになっていた。

子供が家の手伝いをするのは当たり前。皆がしていたし、大変とは感じなかった。

注　旧暦は立春の頃を一年のスタートとし、月の満ち欠けを基準（一カ月が二九日か三〇日）とした暦で、一三カ月ある年が閏年。新暦は地球の公転を基準（一カ月の平均は三三・四四日）にした暦で、四年に一度ある二月二九日（閏日）ある年が閏年。

注　葛原古墳は明治二二（一八八九）年に発見された遺跡で、五世紀後半の円墳である。直径五三メートル、高さ六メートルの墳丘である。前方後円墳で、前方部が削られたものともいわれる。石室があり、甲冑、鉄剣、銅鏡、勾玉など多くの副葬品が出土した。このうち、眉庇型兜《まびさしかたかぶと》の出土例は大分県ではこの古墳のみ。墳頂周囲には埴輪列もあった。

秋月家だけでなく、農家はみな同じような生活様式、生活習慣だった。

親兄弟だけでなく、稲や麦の成長が目に見える農業を柱に、集落全体が一つの家族のようだった。

七歳になると定良は四日市町尋常小学校に入学した。

四日市町尋常小学校は、一学年男・女各五〇人位、一学年約百人、六学年全校で約六百人の生徒がいた。

中国の礼儀作法が書かれている「礼記《らいき》・内則《だいそく》」の「男女七歳にして席をおなじゅうせず。食を共にせず」に従い、尋常小学校は男女別々のクラスだった。七歳ともなれば男女の違いを明らかにし、みだりになれ親しんではいけないという意味で、教育方針も現代とは違っていた。

七歳で入学する義務教育*の尋常小学校を一三歳で卒業すると会社や工場に就職したり、家の手伝いをする人が、各学年で三五名ほど、また義務教育ではないために授業料が必要な二年制の尋常高等小学校を卒業して一五歳から働く人が四〇名位、つまり一五歳になると七割以上が働いていた。

すでに戦争が始まっていて、働き手は戦争に行っているので、就職先はたくさんあった。都会では大学を卒業して、背広を着て会社勤めをするサラリーマンも少しずつ増えていた。

小学校を卒業して、宇佐町にある五年制の中学に行く人、四年制の女学校に行く女子もいた。（一九四五年に中学は四年制になり、四年生と五年生が一緒に卒業した。）尋常高等小学校を卒業した後、二年間農業に従事して警察官になる制度もあり、一八歳で警察官になった同級生も二人いた。

さらに先生になる人は、師範学校、医者になる人は医師専門学校に行った。

みんながあこがれたのは陸軍士官学校と海軍兵学校だった。海軍兵学校の方が優秀な人が行った。最高学府としては、東京大学などの帝国大学があり、高等学校があった。大分市には後に大分大学になる日本で八番目の官立高等商業学校として大正一一（一九二二）年に開校した大分高等商業学校（大分高商）があったが、高等学校や大学に行くのは、定

注　すべての子供が学校に通い、同じ知識を得るために学ぶ「公民皆学」の制度は一八七二年、明治維新後に始まった。しかし、働き手の子供を学校に通わせると農家も商家も人手不足になる、その上費用がかかるため、中々制度通りにいかず、そのため制度はたびたび変わっていた。

良たちにとって遠い世界の話だった。

秋月家の食生活

秋月家の日々の食事は、朝・昼・晩の三食、白米に麦が半分混ざった麦ご飯と大根や茄子、南瓜など自宅の畑で採れた野菜がたっぷりの味噌汁が中心。

おもな蛋白源は、畑で採れる豆と向かいの豆腐、週一回荷台を付けた自転車で行商にくる魚で、買うのはイワシ、目刺し、塩ジャケ、アミ（小エビ）の塩辛、めんたいなど低価格のものだった。塩ジャケは一本買って、切り身にして食べた。

現代、塩ジャケやめんたいは安いとはいえないが、昭和二〇～三〇年代は安かった。

田植えや稲刈りに出て家族が誰もいない時は、行商のモリオさんが猫が魚を取らないよう、軒先にイワシを吊り下げていた。

「宇佐神宮の神主さんは、美味しい鯛の目玉しか食べん」といっていたのを覚えている。

他の農家も野菜の漬物が加わるくらいで、ほぼ同じ食生活だった。定良の家は、母は病弱だったので手間のかかる漬物はなかった。

家の軒下で鶏を五羽飼っていたので卵があったが、現金収入を得るために卵の仲買人に三個五銭で売っていた。一円は一〇〇銭なので、六〇個の卵*で、やっと一円になる。

鶏の産卵場所は縁の下、雨のとき以外は庭先で放し飼いの身近な存在だった。その鶏を大事なお客様にご馳走するのは、最高のもてなしだった。

鶏を料理する時、まず頭を切り落とすか潰《つぶ》す（首を捻じる）。しかし、鶏は頭を切り落としても、「何かとんでもない事が起きているようだが、それが何だかわからない」様子で、頭のない身体でしばらく庭を走る。そして、何が起きていたかを悟るのか、突然バタッと倒れる。その様子を見てしまい、鶏を食べることができなくなった人は多い。

高価な卵を食べる機会は年に四回位。運動会と遠足とお正月、そして親戚が集まる祭り。

注　卵の価格と給与を比較してみると、二〇一三年の初任給の平均は高校卒業者が一六万円、大学卒業者が二〇万円程度で、一九四〇年頃の初任給は三六円、給与はおおよそ四千から、五千五倍位で、卵の価格は一個一五円として千倍程度である。安い鶏肉や卵を食べることができるようになったのは、食肉用として大量飼育される養鶏技術や短期間に成長するブロイラーのお陰だ。

卵は特別な日のご馳走で、楽しくうれしいハレの食べ物だった。

学校には、弁当持参で通う。ご飯は麦飯には梅干しが真ん中に入った日の丸弁当，おかずは、たくわん三切れと目刺し二匹、アミの塩辛が定番だった。目刺しの代りに塩ジャケやめんたいが時々入っていて、その日はうれしかった。

ときおり、先生が弁当の麦飯検査をして、白ご飯だけのお金持ちの生徒は注意を受けた。もちろん、健康のためではなく、ぜいたく禁止の意味での注意だった。

日本人が一日三食食べるようになったのは、室町後期からとか江戸中期と諸説あるが、秋月家の食卓は、一九四〇年頃の日本の農家の平均的な食生活と思える。

月に一度の給料日、父・隆が切り出し牛肉を求めて帰宅し、家族ですき焼きを食べた。

すき焼きも美味しいが、近所に肉を焼く匂いが漂うと、「俺の家は肉を食べてるぞー」と自慢だった。

年に数度、父・隆が役場の宴会の折り詰めを持ち帰っていた。

折り詰めの中には魚の塩焼きにかまぼこ、そして卵焼きと野菜の煮しめが色どりも鮮やかに並べられていて、兄弟で争って食べた。その豪華さに「世の中にこんな食べ物が、そして味があるんだ」と驚いた。

甘いものの記憶は、小学校の同級生でパン屋の息子・安部君が時々食べさせてくれた一口の餡パンである。なぜ一口かというと、安部君は一個の餡パンをできるだけ多くの級友に食べさせるために、一切れずつちぎって分けてくれたからだ。

うれしい食べ物の記憶

幼い頃のうれしかった食べ物の記憶が定良にはいくつかある。その一つが田植えがすんだ後に各家庭でする打ち上げ「さなぼり」で食べるやせ馬である。

「やせ馬」は小麦に水を入れて練り、きしめんよりは太いが細長い帯状にしたものを茹で、砂糖をたっぷり混ぜたきな粉をまぶした菓子である。名前の由来はいろいろあるが、定良は、麦刈をして田植えが終わると、働きづめの馬がすっかり痩せていて、この時期に食べるので、「やせ馬」というと教えられた。

小麦粉+水で練り
帯状にしてゆでる
さとうときなこをまぶしたもの
大分名物 やせ馬

定良は田の神に感謝するより、なにより、とにかく「田植えが終わったら、やせ馬が食べられる」と夢見ながら、田植えの手伝いをした。

そして何より好物なのがぼた餅である。小豆の収穫があった時や、子供が生まれた時や兄妹の誰かの誕生日などに作られた。どの家も作る時はたくさん作り、ぼた餅を作ったお祝いの理由を述べて近所に配った。配るのも、もらうのもうれしい美味しさだった。

宇佐神宮の御神事で食べる宇佐飴*は、強い手の力で練る菓子で、飴がすべらないように両手に「ペッ！ペッ！」と唾をつけて練っていると噂を聞いていたが、気にせず食べた。

それから、初盆の菓子がある。初盆（亡くなって初めてお盆を迎えること）の家の前に行くと、子供用にかりん糖や飴玉が入った小さな茶色の紙袋が用意されていた。

もう一つ近所でもらうのが、旧暦の三月と七月にある弘法大師の偉業をたたえるお祭りのお接待《せったい》菓子。弘法大師の像をお祭りしている家にいくと、平たいドーナツ型の焼き菓子をくれる。別名メガネ菓子。たくさん食べたいので一〇軒くらいの家に行き、食べ過ぎで祭りの後は必ず下痢をした。

お餅はあん餅も、きな粉や砂糖醤油をつけて食べるのも美味しい。お餅を薄く切って干し、火鉢で焼いて食べるかき餅も大好物だった。

長引く戦争のために物資が不足し、買い占めなどの混乱を避けるために昭和一五（一九四〇）年からは米、味噌、砂糖、マッチ・衣料などの生活必需品は配給制になる。政府より各家庭に配布された切符をお店に持っていくと、米・味噌・砂糖が手に入るわけだ。

家族の人数に合わせてポイント制になっていて、秋月家は米や大豆から作った味噌はあったので、他のものに使った。

砂糖の配給があると、隣家の甥の泉《いずみ》（当時二歳）がガラス瓶に入った砂糖の前から離れず、「砂糖くれー。砂糖くれー」と泣き叫ぶ声が定良の家まで聞こえてきた。砂糖も子供が大好きな甘いものの一つだった。砂糖のお陰か泉は兄弟の

注　麦芽ともち米と水飴を練った飴で、宇佐神宮の祭神である神功皇后が、皇子の応神天皇（同じく祭神の八幡大神）を育てる際、母乳の代わりに与えたと伝えられている。

中で一番身長が伸びた。

夏はスイカに瓜。秋は集落に一軒梨畑を持っている家があったので、虫が食って売れない梨を一〇銭で風呂敷一杯分けてもらって食べた。冬はミカンの木を一本もつ近くの親類が、実がなると近所に配ってくれ、味と香りを楽しむことができた。

家族

定良の父・隆は町役場の書記を経て、収入役を務めた。謹厳実直そのものの人で、徴兵検査も甲種合格のガッシリとした体格で、役場勤務前の早朝と、勤務を終えた後も夜の農作業を黙々とこなす働き者だった。

唯一の楽しみは、一日一合の日本酒の晩酌で、定良は夜になると一〇銭を父から渡されて、雑貨店に一合の酒を買いに行かせられた。冬は火鉢でイリコを炙っておつまみにした。幼い定良は「一匹ちょうだい」とねだり、イリコを一匹もらい、その貴重な一匹を食べると家の中を走り回って喜んだ。

隆は字を良く知っていて、毛筆を上手に書くので、頼まれて出征時に揚げる幟《のぼり》や旗に「祝入営〇〇君」と書いていた。四日市町から出征する人のほとんどは隆の書いた旗を揚げた。字を知っているのは、暇があれば指で空に書いて練習していたからで、その姿は定良の子供心に焼き付いている。

無口だったが、毎年家の前の桜が満開になる頃は、近所のおじさんたち人を招いてすき焼きでもてなし花見を楽しんだりもしていた。

ある時、定良は父のすねにある傷について尋ねた。

「台湾*で巡査をしていた時、日本の植民地統治に抵抗する漢族《かん》（台湾人*）にやられた」と答えた父が、それまでより大きく見えた。

母を思うと悲しく可愛そうな気持ちになる。それは、病弱な母の記憶しかないからだ。

母・タズは七人の子供の他、亡くした子供が二人いたので九人の出産をした。出産はす

注　日清戦争が終わると、日本は台湾を植民地として獲得したが、台湾住民の抵抗は強く、定良の父・隆の負傷もこの闘いの負傷だったと思われる。抵抗した台湾側の兵士と住民およそ一万四千人が死亡したと推測される。日本政府が動員した軍隊は七万六千人（軍人四万九八三五人、軍夫二万六二一五人）。死傷者一万一二〇三人のうち、戦死者は九六七人、多くはマラリアなどによる戦病死（一万〇二三六人）だった。漢民族は、中華人民共和国（中国）、中華民国（台湾）、シンガポールで大多数を占める民族。約一四億人おり、人類の二〇％を占める。

べて父・隆の仕事の都合で植民地だった台湾でした。

子供を産むごとに体力が落ち、それでも朝早く起きて震える手で家事をし、不自由な足で畑の麦踏みもこなしていた。そんな大変な毎日でも、タズは子供を叱ることのない、いつもニコニコと穏やかな笑顔を絶やさない優しい女性だった。

文化も言葉も違い、頼りになる人もいない台湾の官舎で出産、子育てをした大変さは想像できない。現在の医学であれば病名がつき、治療もできたであろうが、その頃の日本では婦人科系の病は「血の道」という言葉でかたづけられ治療もされなかった。

病身の身体ながら、ひたすら夫・隆を支え、子供を育てるために一所懸命生きた人。それが母・タズである。

そんなタズを、近所の人は「ばあば」と呼び、何かと助けてくれた。定良が小学校の国旗掲揚台が台風で倒れて頭に大怪我をした時も、通院の付き添いは向かいの豆腐屋のおばさんが母の代わりにしてくれた。

定良の成長とともに、兄妹が独立していった。

長男の力造は、祖父が大工の棟梁をしていた影響で、大阪で欄間《らんま》を造る指物《さしもの》職人になった。次男の保は、台北の商業学校を卒業し、帰国後、宮崎県の鉄道の枕木を作る材木会社に勤めた。三男・忠夫は、大分県宇佐市宇佐町にある農学校を卒業後、植民地だった朝鮮総督府（政府）に一時期勤めたが帰国し、秋月家の隣家に嫁と幼い子を残して台湾に渡った。父・隆と同じ巡査になるためだった。

姉・君江は女学校卒業後嫁ぎ、四男・良雄は教師を目指して、大分市の師範学校予科に通うために家を出た。

定良も四日市町立尋常小学校卒業後、尋常高等小学校に二年通い、兄の良雄に続いて師範学校に入学した。日本が教育に力を入れていたため、師範学校は授業料は無料で、全寮制の食事つき、おまけに月五円のお小遣いも出た。師範学校は、教育の必要性を感じる、貧しい農家にはもってこいの学校だった。

しかし、入学して数カ月後両親の住む家に帰省した時、母・タズが震える身体で竈の火を熾《おこ》しているのを見て退学した。いずれ戦争に行く身を考えると、せめてそれまでは母の傍にいたいと思ったからだ。

師範学校で学んだのは約半年。前年新設された大陸科に入学したので、当時の植民地、朝鮮の神社で神官になるため、「祝詞」を学ぶ科目もあった。

そして、四日市町にある大分県立四日市農学校に三年行き、税務署に臨時雇いとして就職した。高等科二年と農学校三年で、五年制の中学卒業と同じ資格があった。

翌年、五歳年下の進が、尋常高等小学校を卒業後、師範学校の本科に通い始めた。

一九四一（昭和一六）年になると次男の保、さらに三男の忠夫、四男の良雄が次々と召集される。忠夫は台湾で巡査になって間もなくの召集だった。

母・タズは年々体力が衰え、手足や全身の震えで箸が持てなくなった。いつしか、タズを風呂に入れるのも、朝起きて農作業の後、竈《かまど》でご飯を炊き、味噌汁を作って朝食の用意をし、母の昼食のお握りをつくるのも定良の仕事になっていた。

注　日本は一八九五（明治二八）年に台湾を統治、一九一〇（明治四三）年に韓国を併合した後、それぞれに総督府（統治するための官庁）をつくり皇民化運動を進める。皇民化運動とは、一、国語運動（日本語を学ぶ）、二、改姓名（日本名にする）、三、志願兵制度、四、宗教・社会風俗改革の四点からなる日本人化運動である。

そして、神道を普及するために台湾神社、朝鮮神社の建設を図り、徐々に神社をふやしたが、神官が不足していたため師範学校で育成しようとした。

召集、そして中国へ

戦争の時代

一八六八（明治元）年から一九四四（昭和一九）年までの世界と日本と戦争の流れはおおまかに以下のようになる。

一八六八年、鎖国を解き明治維新を果たし、飛躍的な近代化をすすめた日本は、世界デビューを果たす。イギリスやフランス、アメリカなど、既に近代国家の制度を整え、資本主義経済で蓄えた富で軍事力を整えた列強といわれる国は、自国を「文明国」とし、日本は「半未開国」、アフリカとアジア諸国を「未開国」と三つに分けた。「文明国」同士は対等である一方、「半未開国」と「未開国」に対しては「文明国」の特権を認める不平等条約を押しつける。

一八九四年（明治二七年）、朝鮮の権益などをめぐり、中国の最後の王朝である清と戦う。この日清戦争で勝利し、遼東半島や台湾を得る。のち三国干渉（中国の権益が日本に渡ることを恐れたフランス、ドイツ帝国、ロシア帝国の三国の干渉）で遼東半島は中国に返還するが、台湾は以後五〇年、日本が第二次世界大戦戦争に敗れるまで植民地とした。

一九〇四年（明治三七年）、朝鮮半島、満州をめぐってロシアと対立、一〇倍以上の国力を持つ大国ロシアとの日露戦争に勝利する。日清戦争の四・五倍の延べ約一〇八万人の兵が動員された日露戦争は、勝利といってもロシアも日本も軍資金が底をついた状態で、日本はアメリカの介入でやっと勝利という形になったものだった。

戦費一八億二六三〇万円の八三％が公債やイギリスやアメリカからの借り入れ金で、日清戦争の勝利で得た中国からの賠償金（日本円で三億円）の八割も戦費になっていた。戦死者は脚気などの戦病死を含めて八万一四五五名と日清戦争の六倍にのぼった。

物価上昇、増税なので国民が貧窮する一方で、軍事産業は活気づく。

一九一二年（明治四五年・大正元年）、清王朝最後の皇帝溥儀《ふぎ》が退位。孫文が中華民国の樹立を宣言する。この時点で世界の三分の一の人が住む「未開国」とされたアフリカとアジアの国々のほとんどが、イギリス、フランス、ロシアなどやドイツ、イタリア、ベルギー、アメリカなどの植民地だった。

一九一四（大正三）年、ドイツ・オーストリア・オスマン帝国・ブルガリアからなる中央同盟とイギリス・フランス・ロシアを中心とする連合国との第一次世界大戦がはじまると「日英同盟」の元に日本も参戦した。陸軍はドイツが権益を持つ中華民国山東省の租借地青島を攻略、海軍は南洋諸島を攻略し、さらにインド洋と地中海に進出し、イギリスやフランスなどが持つ世界各地の植民地からヨーロッパへ向かう輸送船団の護衛などを行った。

第一次世界大戦は機関銃の多用、戦車の登場、飛行機による空からの攻撃などの近代兵器、催涙ガスなどの化学兵器が使われ、それまでの戦争より死傷者が増えた。同時に兵士だけでなく一般の国民も戦争被害を受ける可能性が格段に高まった。

一九一七（大正六）年のロシア革命でロシア帝国は崩壊する。

一九一九（大正八）年、第一次世界大戦後終結。日本は中国の山東省、アメリカ領のフィリピンとハワイの間に位置するパラオやマーシャル諸島の統治権を獲得。国際連盟の常任理事国となる。

第一次世界大戦前後、三井・三菱・住友などの財閥が経済活動をリードし、日本経済は急成長する。

一九三一（昭和六）年に満州事変が起き、日中戦争への助走が始まる。

一九三三（昭和八）年、日本が中国東北地方に「満州国」を建国させたことに対し、国際連盟で「日本の軍隊は満州から軍隊を引き上げるように求める決議」が行われ、そのことに反発して日本は国際連盟を脱退する。日本国民の間で「非常時」が合い言葉となる。

一九三六（昭和一一）年、陸軍の将校たちが決起したクーデター未遂事件、二・二六事件が起こる。政府や軍部に対する不満の背景には、貧しい国民の生活があった。

一九三七（昭和一二）年の日華事変から、日本と中華民国との関係は泥沼化。「事変」とは、宣戦布告した「戦争」ではなかったから。日本側からすると「宣戦布告」をして戦うと、中立国からの物資の調達や支援が受けられなくなるから。

一九四〇（昭和一五）年に北部仏領インドシナに進駐、南下政策をとった。それが英米ほか連合国を刺激し、対立が深まる。

一九四一（昭和一六）年一二月八日、日本がアメリカの真珠湾を攻撃、日本は英国とアメリカに宣戦布告。太平洋戦争に突入。孫文の後継者・蒋介石の宣戦布告で日中戦争が始まる。

最初の一、二年はよく戦い、南太平洋まで進撃。一九四二（昭和一七）年二月には、オーストラリアのポートダーウィンを爆撃したが、翌年五月一二日にアメリカ軍が、アリューシャン列島にあるアッツ島に上陸、五月二九日、アッツ島の日本軍は全滅した。これから南方の島々で日本軍の「玉砕」が始まる。

一九四三年、イタリアが連合国に降伏する。

定良が応召した一九四四年には明らかに敗戦の色が濃くなっていた。

徴兵検査と召集令状

日中戦争になって三年後の一九四四（昭和一九）年四月九日、定良は二〇歳になった。定良は、税務署の「臨時雇い」から「雇《やとい》（契約社員）」、そして試験を受け「属《ぞく》（正署員）」になり、張り切って仕事をしていた。

庶務課職員として市町村の収入役に税金の納入の確認をするのが主な仕事で、自転車で近隣に行ったり、二〇キロ以上離れた安心院《あじむ》や香々地町《かがちちょう》（豊後高田市・真玉町と合併し豊後高田市）へ宿泊出張していた。

月に一、二度の出張は勤務前後の農作業や家事、母の世話もなく、出張旅費はもらえ、

判定区分	基準要旨		兵役区分
甲　種	身体頑健、健康		現役に適する
乙種	第一	乙であっても現役を志願する者、抽籤で当った者	現役に適する
	第二	抽籤で外れた者	
丙種	身体上極めて欠陥の多い者		現役には不適だが国民兵役には適する
丁種	目・口が不自由な者、精神に障がいを持つ者		兵役に適さない
戊種	病中または病後など		兵役の適否につき判定出来ない

兵役検査の判定基準

夜は旅館でご馳走を食べ、のんびりとくつろぐことができる極楽のような仕事だった。

当時の日本では二〇歳の成人を迎えた男子はみんな徴兵検査を受けなければならず、定良も徴兵検査を受ける。

徴兵検査とは兵としての能力、つまり戦争に行くことができる身体か否かを調べる検査で、地域の集会所や小学校で行われた。

軍医の側にいる衛生兵が先ず下着姿の若者の視力、身長と体重を測り、「どこか悪いところは」と聞く。もちろん病気があれば不合格。終わりに下着を脱いで四つん這いになると、お尻を見て痔の確認、そして性器をしごいて性病の症状がないかを診られる。

検査結果は、次の五種に分類された。

一、甲《こう》種　身体が特に頑健であり、身長一五二センチ以上、体格が標準的な者。現役として入隊検査後に即時入営した。

二、乙《おつ》種　身体が普通に健康である者。補充兵役（第一または第二）に組み込まれ、甲種合格の人員が不足した場合に、志願または抽選により現役として入営した。

三、丙《へい》種　体格、健康状態ともに劣る者。国民兵役に（同）編入。入隊検査後に一旦は帰宅できる。

四、丁《てい》種　現在でいう身体障がい者。兵役に適さないとして、兵役は免除された。

五、戊《ぼ》種　病気療養者や病み上がりなどの理由で兵役に適しているか判断の難しい者。

注　明治維新後、士・農・工・商の四つの身分が「四民平等」になり、武士も農民も兵役の義務をになうようになった。政府は、「国民皆兵」に向かい、一八七二（明治五）年に徴兵の対象者を把握するために戸籍作成に取りかかる。

当初の徴兵制は一家の主人や後継ぎ、また官公立の学校で専門教育を受けている人、代人料（二七〇円）を支払う人は兵役が免除されるなど、一八七九（明治一二）年は対象者の九六％が兵役免除されていた。しかし、一八八九（明治二二）年の徴兵令改定で、国民皆兵主義が実現される。終戦時の一九四五年は一九歳で徴兵検査を受けるようになる。

当時の日本人の平均身長は、現代の一七一センチから一五センチほど低く、小柄だったが、体力は勝っていた。基準になる歩兵は、七五センチの歩幅で一時間四キロが平均の歩行速度である。

歩兵の装備品は、完全武装で約三〇キロ、戦時であれば、さらに食糧が加わって六〇キロをこえ、強行軍となると、一時間六キロ、荷物を背負って走っている状態になる。それに耐えられる体力がなければ戦えない。

兵役を果たせなかった人は、翌年再検査を行った。

それまでは最も屈強な身体を持つ甲種合格の男だけが徴兵されていた。長引く戦いで兵隊が不足していたため、目に見えるほど虚弱でなければ、徴兵検査はほとんど合格になった。

定良も衛生兵にお尻を見られ、バシッと叩かれると同時に「よし！」と第一乙種合格になった。

その後、「戦地で虫歯が痛くなったら大変」と心配になって歯科医院に行ったが、歯医者は定良の虫歯を見て「こりゃひどい！　今から治すには時間が足らない。軍隊の歯医者で治療してもらいなさい」と治療を断る。しかし、その後の軍隊生活で歯医者はおろか軍医の顔を見ることもなく、虫歯の痛みも忘れるほどの毎日を送ることになるとは、その時想像できなかった。

「徴兵逃れ」といい、自分でわざと怪我をしたり、病気の症状になるために醤油を一気に飲み干すなどして兵役を逃れる人のことを耳にしたが、定良には考えられないことだった。

徴兵検査に合格すると役場の兵事係（戸籍係）から、自宅に召集令状が届けられる。通称「赤紙」と呼ばれていたが、定良が受け取る頃は物資不足のせいか濃いピンク色に変わっていた。兵事係から召集令状が届いた家は、日の丸の旗を揚げる。定良の召集で秋月家は日の丸が縦に四つ連なった旗を掲げた。その後、長男の力造に召集令状が来て秋月家の日の丸が五つになった頃は、四〇歳以下の元気な男子は日本にほとんどいなくなっていた。

出征が決まると、四日市町の劇場「春海座」で、勤め先の税務署のみんなが送別会を催してくれた。今なら必ずレストランか居酒屋で飲んで食べるのが送別会だが、食糧事情の悪い当時は劇場や集会場で送別会が行われていた。その送別会も稀になっていた。その意味では定良は恵まれていた。

幹事を務めた同じ課の先輩は町唯一の遊郭「丸山」の娘、女子大を卒業して英語も話せる才媛だった。

その先輩が送別会で日本舞踊を踊り、そして、「秋月さんの雅号（文人、学者、画家などの風流な別名）を考えたの、「白雨楼《はくうろう》」はどうですか」と言った。

出征と千人針

定良が出征するときは、「祝入営○○君」と書かれた祝旗も「バンザーイ」の歓声も、紙ふぶきもなくなっていた。

それでも、昭和一九年九月一五日早朝、自宅近くの貴船神社に両親と近所の高齢者、女性が数名集まって無事を祈って送ってくれた。

出征する者には、白いさらしに赤い糸を千個玉結びに結んだ千人針が渡される。母親が中心になり、出征する人の無事を祈って一人一個の結び目を縫い、次から次に千人の女性に渡して作られた腹巻である。千人針をお腹に巻くと、千人の思いで命が守られるという「お守り」なのだ。

母・タズは手足に痙攣《けいれん》があったので「自分に千人針はない」と定良は諦めていた。ところが、「行ってきます」と挨拶する定良に、「はい、これ」と一言い、震える手に持った千人針を差し出した。諦めていただけに、母親の愛情が嬉しくて、定良は思わず涙ぐんだ。

千人針は、近所に住んでいた叔母が、母親の変わりに作ってくれたものだと知ったのは

戦後のことである。

終戦後に定良と結婚することになる村田シズカは、四日市町の西本願寺別院の北門横で仏具店を営む「れんげ屋」の娘であった。

一九二六（昭和元）年生れのシズカは、この時一八歳。「千里行って、千里帰る」強運を持つといわれる五黄《ごおう》の寅年生まれである。

普通の女性は一人一針の千人針は、運の強いといわれた五黄の寅年に限り、年の数の糸目を結んでいた。女学校時代のシズカは、次から次と近所の人に頼まれ、鉢巻をしてまで千人針を刺したという。この年、大分県立四日市高等女学高を卒業し、小倉の陸軍の造兵廠《ぞうへいしょう》で挺身隊《ていしんたい》（一四歳から二五歳までの女性の勤労奉仕団）として働いていた。

コピー機などのない時代であり、カラス口という鳥の口に形が似たペンで、同じ図面を何枚も写していた。

入営

一九四四（昭和一九）年九月一五日に宮崎県都城市久保原町にある日本陸軍都城歩兵第二三連隊駐屯地に入営した。この基地は現在もあり、陸上自衛隊第四三普通科連隊などが駐屯している。

定良は、父・隆につき添われ、大分県立四日市農学校の同期である西園幸雄と豊前善光寺駅で、やはり同期の三明孝志とは柳ヶ浦駅で合流し、宮崎都城に夕刻に着く。

都城の駐屯地の入り口で父親と別れ、同日、第五八師団要員現役兵として、歩兵第二三連隊補充隊へ入営。定良の戦争が始まる。

同じ時、四日市町から第五八師団歩兵第二三連隊補充隊員に入営したのは五、六名余り。すべて満二〇歳の若者だった。

定良の気持ちは暗く、足どりは重かった。まして駐屯地まで付き添った父・隆はどうだったろう。

三男の忠夫から「今から、南方（終戦時まで東南アジアの南を指した）にいく」と手紙が来てから三年経ち、その後は音信不通。口にはしないが、誰もが戦死したと思っていた。子を次から次に見送り、一人で宮崎から大分に帰る。情けなく、辛いものだったと思うが、定良は、その時、父親の気持ちなど思いやる余裕はなかった。

最初の駐屯地で空腹が始まった。駐屯地の食事は一汁一飯で、一汁はヘチマ入りの塩汁。一飯は腹六分程度の麦飯で、ときおりタクワンが二切れついた。塩汁の具のヘチマは茄子のようで意外とおいしかったが、腹六分では二〇歳の身体には辛かった。

小学生の時から強度の近視でメガネが不可欠だった定良は、予備のメガネを三個持参していた。私物検査の検査官が三個のメガネを見て、「お前は眼鏡屋か」と言う。そんな準備が必要とは誰も思っていなかったらしく、また準備をしていた人も他にいなかった。しかし、定良が日本に戻った時は三個目のメガネを紐《ひも》で耳にかけて使っていた。レンズ部分は幸いに健在だった。「メガネの予備を持っていかなかった人はさぞかし不便だっただろう」と思ったのも、戦争が終わり、いくらかの余裕がもてるようになったころのことである。

駐屯地で制服が支給されたが、まだ暑い九月に冬服と思われる厚い軍服、襦袢《じゅばん》（肌着）、

入営前に同僚と
撮った記念写真。
"まん中に撮ると死ぬ"
というジンクスあり。
定良はあえてまん中で
撮った。しかし
定良だけが
生きて帰った。

まだ暑い宮崎で9月に支給されたもの
現地の人はみやこんじょうと言うョ
宮崎の都城市にある、西部第23連隊に定良、入営!
補充隊
冬用のぶ厚いコート
肌着とズボン下
ド近眼の定良必需品、予備の3個のメガネ
コレは自分で用意したよ!!
水筒がわりの竹の筒
はんごうがわりの竹の皮10枚!!!
じかたび
きゃはん 足を守るための長い布
5人に1本の小刀
え・わたなべともこ

袴下《こした》（ズボン下）などすべて冬物。軍靴の代わりに地下足袋《じかたび》を履いた。巻脚絆《まききゃはん》（足を守るための長い布）で外套《がいとう》（防寒、防雨のコート）をくるくる巻いて円形にし、肩からかけるのが唯一、兵隊らしい格好だった。

昭和一九年九月には、ビルマ・インドネシア・フィリピンにおける太平洋戦線の敗戦状況が田舎にも伝わってきていた。

「冬服を着せられるなら、負け戦が続いている南方（ビルマ・インドネシア・フィリピン）に行かされるのではないなあ。行き先は満州か中国か」と諦めと慰めの言葉を囁きあうが、誰にも行き先はわからなかった。

「家に手紙を出す事まかりならぬ」と指示がでて、不安で仕方がないが、戦地に行く以外の選択はない。

都城の駐屯地では、軍歌（兵の士気を高揚させるための歌）の練習の他にすることはあまりなく、鬼ごっこ遊びをして八日間過ごした。

色は黒いが血は赤い
九州男児の粒ぞろい
胸をたたけば一押しに

たちまち落とす城の数
ああ日本一の六師団

師団の歌だと思うが、こんな歌を皆で歌っていた。駐屯基地では、吸血性がある南京虫に噛《か》まれる初体験もした。南京虫はトコジラミ（床虱）ともトコムシ（床虫）ともいわれ、吸血性の寄生昆虫である。

まず、博多湾から船で釜山へ

一九四四（昭和一九）年九月二三日、宮崎都城の駐屯地から博多港へ、そして海路釜山へ向かう。

その日、急に整列の命令があり、入営までの衣服が入っている風呂敷を持って整列する。九月の暑い日で、冬服はまだよいとしても、兵隊が身につける帯剣と帯革（帯剣を吊るベルト）がなく、風呂敷には改めて支給された飯盒《はんごう》代わりの竹の皮が一〇枚、水筒代わりの竹の筒一節、五人に一本の小学生が持っている小刀が加わっていた。

農学校の週に一回ある軍事訓練でも、三八式歩兵銃を持って教練していた。まるで、写真で見た日清戦争の捕虜のような姿だった。これは既に日本の物資は底をついている証拠だと誰もが思った。足はますます重くなる。

「やはり、これは戦地というところに行くことは間違いない」とささやきながら、初年兵数百名が国鉄都城駅を出発して博多へ向かう。しかし、まだ、自分たちが戦地に行く実感はなかった。

九月二四日夕刻、博多港から出帆。

わけのわからぬまま整列して、列車に乗り、そして船に乗り替え、目まぐるしく変わる運命に対して誰一人言葉を発しない。発せない。

ちょうど日没の頃、船からの博多の街の景色を見ていると、刻々と沈む太陽に不安と寂しさが一層つのる。

思へば去年船出して　御国が見えずなった時
玄界灘で手を握り　名を名乗ったが始めてに　（『戦友』作詞真下飛泉、作曲三善和気）

と軍歌にはあるが、手を握る人も、名を名乗る人もいない。数百名の初年兵が、「二度と日本の土を踏むことがないかもしれない」という悲壮な気持ちの沈黙の集団になっていた。日々戦況が悪くなる中、「よし、日本のためいざ戦地へ」と勇ましい気持ちの人は一人もいなかった。

翌日早朝、釜山港に上陸した。港に上陸した後、広々とした駅に移動すると「釜山駅」という表示が目に入った。「あーここは釜山だ。さっきの港は釜山港。やはり行き先は満州か中国だ」とみんなでささやき合う。

釜山駅で列車に乗り、駅の明るさに驚いていると、「大日本国防婦人会」のたすきを掛けた白いエプロン姿の女性たち四、五〇人が弁当を差し入れしてくれた。

白ご飯に魚の塩焼きとかまぼこ、卵焼きと沢庵漬けが入った「折り詰め弁当」。それは父隆が持ち帰った宴会の折り詰め弁当に負けない、田舎育ちの定良が見たこともない立派で美味しい折り詰め弁当だった。

定良は夫人たちの優しい笑顔と、美味しい弁当に「日本を守る軍人」の誇りと実感が少し湧いた。

何を食べるか、どう人として扱われるかが、人間の誇りに影響を与えているということだろう。

次に客車で三日は遠足気分

兵隊としての基礎教育を受ける場所と内容は様々だった。日本で初年兵教育を受ける場合もあれば、教育なしにシンガポールまで行き着いたとたん終戦を迎えた学友もいた。

定良の場合は初年兵教育を受けるため、釜山から京城（ソウル）、平壌、中国北部の奉天（瀋陽）から山海関、天津経由で南京まで行き、そして漢口（武漢）へと移動が始まった。目的地もわからぬまま釜山駅より客車に乗った。客車での三日間は、規則正しく弁当が配られた。朝・昼・晩に着く駅で弁当が運び込まれ、おまけに毎食リンゴがついた。食後のデザートである。この時、定良は九州にはなかった真っ赤なリンゴの実る木を、車窓から生まれて始めて見た。そして、リンゴを初めて食べ、新しい味覚に感激した。

朝鮮半島を過ぎ、客車の窓から見える鉄橋に、戦友と、「この鉄橋は朝鮮と中国の国境にある鴨緑江《こうりょくこう》にかかっているじゃないか。行く先は満州か（中国北東部）」と語りあっていると、食事

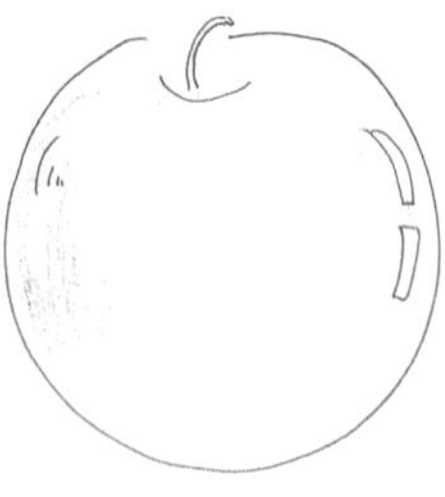

も十分だし、「戦争もまんざら悪くないなあ」とちょっとした遠足気分になってきた。

次は貨物列車で四日間、天国から地獄に

天国から地獄のように景色も食事も一変したのは中国の奉天（瀋陽）であった。荷物を運ぶための車両貨車に乗り換えさせられた。荷物用の車両だから、当然窓もなく真っ暗でトイレもない。牛か豚の輸送のように、藁の上に座っての移動になった。

食べ物もデザートのリンゴがなくなり、弁当の米がコーリャン飯になった。コーリャンとは穂先がトウモロコシに似た小豆より少し明るい桃色の穀物。寒冷地でも育ちやすく、戦中・戦後の食糧難時代の救世主になった主食代用食で、炊いても全然粘りのないパサパサとした食感で、「おいしい」という人がいない食べ物である。

コーリャン飯になると同時に、いつ食べることができるかわからない不規則な食事になる。朝・昼・夕食が六時間くらいで出たかと思えば、二四時間丸一日何も出ない。やっとでたコーリャン飯と塩汁は三〇人分くらいの量が入る一斗（約一八リットル）入りの飯罐《ばっかん》（鍋）から竹の皮に分けられた。箸がないので手づかみで食べ、塩汁は竹の皮を三角に曲げ

て飯鑵から直接すくって飲む。

バケツ一杯のうどんを各自手づかみで食べた隊もあったと聞いた。

窓がないので外の景色も見えず、排泄は短い停車時に貨車から出て外でする。貨車はいつ動き出すかわからないので、乗り遅れないように車両に向かって連なって用を足す。用を足しながら景色を見ると、故郷の葛原の景色の何百倍もあるような大平原が広がっている。その平原の真ん中に引かれた線路の遠く向こうに、連なる山々が見え、山頂近く長い石造りの城壁が見えた。

「あー、あれは万里の長城だ！　ここは、中国なんだ。中国に戦争に来ているんだ」と実感する。

南京の駐屯地で一週間、軍隊にはいろいろな職業の人がいた

南京に到着する。全部で七日間の列車の移動で、降りてもしばらく列車の揺れが身体に残る。南京の基地は元紡績工場のようで、コンクリートの床に毛布なしで一週間寝た。

ここにもシラミがいた。退治しても退治しても、次から次に出てきて痒くてたまらない。

一日二回の食事は、コーリャン飯と二人に一杯の水牛の塊が入った汁。水牛の塊を切るナイフがないので、二人一組で「今日はお前」、「明日は俺」というように交互に歯で食いちぎって食べる。

日本から持参した風呂敷に入った服は、出入りしている中国人の持つ餅や飴と交換し、いつしかなくなった。

出入りをする中国人も、「敵か味方か」より、「現実に得か損か」を優先していた。

汁を分け合っていると、軍隊には色々な職業の人がいることがわかる。

大工、左官（壁塗り大工）、土方（土木工事をする労働者）、農民、教員、官史（公務員）、初年兵なのに中国語がぺらぺらの人、渡世人（ばくち打ち）のような人もいる。

ある時、同年兵の一人が空の飯盒を五、六個持っていき、コーリャン飯を一杯にして戻り「オーイみんな食え、みんな食え」と喜ばしてくれた。

食べ終わってから「お前はどこからこの飯を持ってきた」と尋ねると。「これさえあれば、飯はいくらでもある」と上等兵の襟章のついた上着をチラッと見せ、ニヤッと笑って隠した。どこからか上等兵の襟章がついた上着を手に入れてきたらしい。

南京は様々な部隊が通過する駐屯基地だったので、このような事がまかり通っていたのだ。

南京から漢口までは船で一週間、我慢の後の爽快感は一生の記憶

揚子江を船で移動すること一週間。昼の移動は空から攻撃されやすく危険なので、夜明けと共に陸に上がり、夜を待つ。船室は通常の天井の高さを二段にして、ぎゅうぎゅうの寿司詰め状態。

毎日違う上陸場所で、夜まで息を潜めて時間を過ごし、暗くなると狭い船室に身体を押し込んで移動する。四人のうち一人の足が伸ばせるスペースを何とか確保し、交互に足を

伸ばす。伸ばせる時間は二〇分間。一時間ほど窮屈な状態でしびれた足を「今度は俺が伸ばすぞ」と伸ばせる時はなんともいえないくらい爽快だった。定良は九〇歳を過ぎた今も時おり、「お前の番」といわれた時の喜びと、足を伸ばした時の爽快感を思い出す。

漢口の基地の近くにある村に上陸した時、「冥土《めいど》銀行」と名前が入った紙幣を拾った。この時代の中国は、通貨が幾つもあり、地域が変わると通用しない地域通貨もあるので、てっきりその一つと思った。

「きっとこの村の通貨だ！　買い物ができる」と喜び、食料店に入って紙幣を出した。基地近くは治安が行きとどいていて、中国人の店で日本兵も買い物ができた。ところが、入ったお店の店主からすごい剣幕で怒られる。

その紙幣はこの世では役に立たない死人を埋葬する際に持たせるお金だったのだ。日本では、死者が渡る三途の川の渡し賃「六文銭」が中国では「冥土銀行」というわけである。定良も苦笑いするしかなかった。

そして、昭和一九年一〇月二七日、漢口に到着する。漢口（武漢）は揚子江と漢水の合流地点に位置する、重要な軍事都市であり、洋館が立ち並ぶ美しい近代都市だった。

一〇月二七日から漢口（武漢）の基地に二週間いた。

漢口（武漢）の基地は大きかった。ここで、帯剣と帯革（帯剣を吊るベルト）、飯盒、水

漢口
定良10月に次の兵站基地で
やっと兵隊のかっこうになる！
もうふ
はんごう
水筒
くつしたも
服も
自分の体を
あわせる！
くつも
足をくつに
あわせる。
兵が行軍のとき
用いた背のう（リック）

筒、毛布、靴下、背嚢《はいのう》（リュックサック）、雑嚢《ざつのう》（ショルダー鞄）を支給され、ようやく兵隊の格好になる。しかし、戦闘帽はあったが、鉄かぶと（ヘルメット）はなかった。

この支給されるものは、自分のサイズにあったものを選ぶのではなく、与えられたものに自分を合わせるのが原則。特に靴が問題だった。与えられた靴に足を合わせるのは難しい。定良は偶然のようにピッタリ合うサイズの靴に当たり、ホッとする。

「軍隊は運隊」、「無理偏と掛けて軍隊と解く」、という謎かけもこんなとこからきたのだろうと思う。

この時支給された靴は、靴底に鋲《びょう》がびっしり打っていて、日本に戻るまで一年八カ月間履き続けても壊れることなく定良の足を守った優れものだった。

「現代も二年履き続けて、壊れない丈夫な靴はあるか」と平成の時代になって靴屋に聞いた。

「そんな靴作ったら、靴が売れなくなりますよ」と言われた。

作ることはできるが、お金を生まないものは作らないというわけだ。あの靴には今でも感謝している。

一一月一〇日、漢口から揚子江を対岸の武昌《ぶしょう》（湖北省武漢市）に渡り、それから応城まで野宿をしながら歩いて、一一月一二日、応城《おうじょう》に着く（湖北省応城県孝感市、漢口北西七

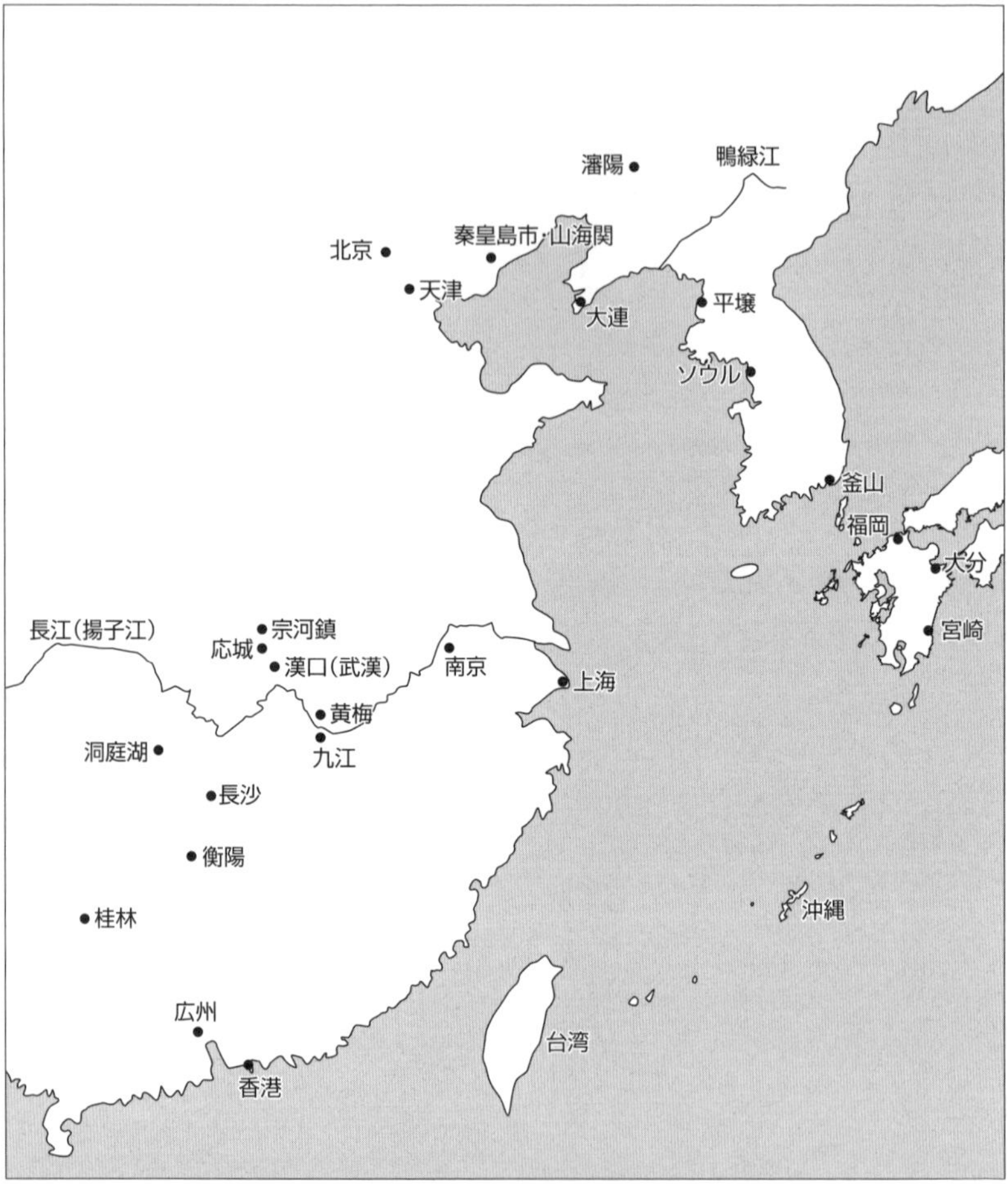

中国・漢口、桂林と九州の関係図

1. 1944年9月15日　入営～63日間宗河鎮の初年兵教育まで

大分⇒宮崎・都城⇒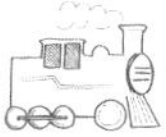福岡⇒釜山⇒

ソウル⇒平壌⇒瀋陽⇒秦皇島市・山海関⇒天津⇒揚子江南京⇒漢口（武漢）⇒応城⇒宗河鎮

2. 1944年11月16日～74日間、宗河鎮で初年兵教育を受ける

3. 1944年2月1日～118日間、宗河鎮から原隊がある桂林まで

宗河鎮⇒応城⇒漢口（武漢）⇒洞庭湖⇒長沙⇒衡陽⇒桂林

4. 桂林付近で1945年5月27日～戦闘に参加48日間

5. 1945年8月15日、終戦

6. 1945年8月20日～57日間、桂林から収容所のある黄梅まで

桂林⇒衡陽⇒九江⇒黄梅

7. 1945年10月15日～約7カ月212日間、黄梅で収容所生活

8. 1946年5月14日～34日間、黄梅から復員して大分に帰るまで

黄梅⇒南京⇒上海⇒福岡⇒大分

〇キロ)。

応城では、五八師団の残置部隊がいて、世話をしてくれた。優しく気遣い世話をしてくれる人がいると心が元気になる。

一一月一五日、応城から北に四〇キロの京山県宗河鎮《そうかちん》まで初年兵教育を受けるため出発する。

「宗河鎮」での初年兵教育

宗河鎮に着く

定良は一九四四（昭和一九）年一一月一六日から翌年一月二九日まで宗河鎮で初年兵として教育をうけた。

教育期間は約三カ月と決められていた。宗河鎮は見渡す限りの平原の中にあり、周りは敵地に囲まれた状態であった。兵舎は、大地主か大金持ちの家だったようで、広大な敷地の周囲を土塀が囲いこみ、大小様々な建物が並んでいた。ここに、一個大隊一〇〇〇人位が寝起きしていた。

「中国のお金持ちは、日本のお金持ちよりお金持ちだ。小さな村よりたくさんの人が住めるのだから」と思った。

食事当番になって、敷地真ん中にある調理棟までは行ったが、二カ月半間の教育期間中、敷地全部を見ることはなかった。

訓練を受ける兵舎は、整然とした建物の中に明るい電気が灯っていると思い込んでいたので、想像とはあまりにもかけ離れていた。「こんな所で、今から初年兵教育か」と思う。

大隊は五～六つの中隊に分かれ、一中隊は約二〇〇～二五〇名位。一中隊は三～五つの小隊に分かれ、小隊は五〇～八〇名くらい。一小隊は三～五つの分隊に分かれていて、一分隊一二～一五名だった。二分隊、つまり三〇人くらいが一緒に一つの長屋に寝泊りする。土壁に低い天井で、電気もない。恐らく使用人の家だったのだろう。

定良が所属した部隊名は、中支派遣軍第一一軍団第五八師団独立歩兵第九五大隊機関中隊指揮班という長い名前である。

歩兵第九五大隊の本来の所在地は一九四五～一九四六年七月まで中国の桂林だった。漢口（武漢）や宗河鎮は大陸性気候である。居住するインド人が、夏はインドに避暑に帰るというほど夏は暑く、冬は寒い。昼は暑く、夜は冷えて乾燥するのが大陸性気候。この大陸性気候の冬の寒さは、九州育ちの定良の想像を絶するものだった。

ある日、下着を洗濯して干したら、翌日カチン、カチンに凍っていた。

この寒さで痒いシラミが絶滅しているだろうと期待したが、どっこい、着ていると体温で温まり生き返って悪さをする。シラミは熱湯では死ぬが、寒さには強いことを発見した。

これから兵隊になるための教育を受けるという時、すでに定良の体重は五二キロから四五キロに減っていた。

お腹一杯食べた記憶が遠い日になり、実家のご飯を入れたおひつに食べ残されたご飯を思い出して「残した理由は何だっけ、何で残したんだろう……食べとけば良かった」と何度も何度も後悔した。

重機関銃は五五キロあり、これを体重四五キロで持たなければならない。

厳しい教育の唯一の救いは、兵舎に電気がなく夜が長いということ。電気をつけないのは、周りを敵に囲まれているので、電気をつければ攻撃目標になるからで、日が暮れると何もできず、することもなく、ただ長い夜を空きっ腹を抱えて過ごした。

機関銃中隊初年兵教育の三戒、焼かない、犯さない、殺さない

初年兵教育の教官は、主に将校（小尉か中尉）づきの下士官の助手の上等兵がした。毎朝朝礼で「三つの戒め＝三戒」を教えられた。一つ（家を）焼かない。二つ、（女性を）犯さない。三つ、（敵兵以外の中国人を）殺さない。また、「気をつけ」の姿勢や、敬礼などの基本動作と兵器の取り扱いを繰り返し繰り返し練習した。

機関銃中隊に配属になった定良は、体重四五キロの自分より重い九二式重機関銃五五キロを持って訓練することになる。

機関銃中隊の分隊は、二人の下士官がいてうち一人が分隊長で、その指揮のもと、重機関銃一丁を四人で持ち、弾を四人で持ち、馬の管理を二名でする総勢一二名前後で構成されていた。移動中、銃身三〇キロと脚二五キロ、合わせて五五キロを運ぶのは馬の役目

だった。

重機関銃は八〇〇メートル先の人の足を撃つ事ができる精密な銃で、訓練は隊長の指示に従って、照準を合わせて銃を撃つ練習をする。

定良は銃の射手（狙いを定める）の四番銃手になる。

一番と二番は前方の銃の脚を持ち、三番は玉を込める担当。四番が照準を合わせて射つ重要な役目。

教育成果を見る査閲《さえつ》（テスト）で、銃を置いたとたん嘘のように照準が目標にピッタリと決まった。何もしないうちにピッタリ合っていたので、定良は照準を動かす真似を少しし、「目標射よーし」と言う。

あまりに速く目標が決まったので査閲官が不審に思い確認にくるが、照準はピッタリあっている。「四番銃手、機敏にして動作的確」とほめられる。運に感謝である。

二カ月半の教育期間中に、一度だけ中国軍の攻撃を受けた。兵舎のある土堀を出て、広々とした平原で重機関銃の演習をしている時のことである。上官の指示で、慌ただしく小高い林の中へ逃げ込んだ。指示通りに動いただけで、いつ、どこで、中国のどの軍がどのように攻撃してきたかは皆目わからない。ただ、林の中で動かずじっとしているように指示をされ、攻撃を受けたのだと悟った。

その日の夕食は、もみ殻の混ざっている生米が配給された。もちろん中身は玄米で、空腹でも、とても食べられる味ではなかった。

一晩林の中で野宿して、翌朝兵舎に戻った。

ある朝早く定良が演習を終えて戻っていると、中隊長が洗面する側で、当番兵がタオルを持って洗面が終わるのを待っていた。こちらが疲れて帰ってくる頃、やっと洗顔。しかも世話係の当番兵がついている。

「わー将校はいいなー」と素直にうらやましく思った。と同時に学生時代に習った中国地図を頭に思い浮かべ、

「ここまできたら、戦争に勝つか負けるかわからないが、戦争が終わるまで絶対帰れない。それなら頑張って将校になろう。俺にも資格があるのだから……」と決意した。

教育中の人間関係はお互いが助け合うものだが、その日から昇進するために意識して大きな声を出して頑張った。

呼称	区分	階級	軍職
将校		元帥	総軍司令官
	将官	大将	総軍司令官 方面軍司令官
		中将	軍司令官 師団長
		少将	旅団長
	佐官	大佐	連隊長
		中佐	
		少佐	大隊長
	尉官	大尉	中隊長
		中尉	
		少尉	小隊長
	准士官	准尉	
	下士官	曹長	
		軍曹	分隊長
		伍長	
		兵長	
	兵	上等兵	
		一等兵	
		二等兵	

日本陸軍階級一覧

注　将校とは少尉以上の軍人を指す。部隊指揮官としての任を持ち、中尉・大尉・少佐・中佐・大佐・少将・中将・大将を指す、定良が直接接したのは下士官まで。

初年兵教育で初めて食べた食パン、万頭、水餃子

夜の楽しみの一つは「絶対食べてはいけない」と言われて与えられた非常食の「乾パン

一〇〇個と金平糖一〇粒」を「一個くらいはわからないだろう」と背嚢の中からそっと一つだけ取り出して、食べることだった。

特に乾パンは、口に入れ噛まずにいると、唾液で溶けてきて口の中一杯に味が広がる。それを少しずつ、じっくり時間をかけて、胃に流し込む。口の中にすっかりなくなるまで、幸せを味わえる。

「食べようか、食べまいか」と思索するのも夜の楽しみ。

「絶対食べてはいけない乾パン」を、後の所持品検査で、全員が食べていることが判明した。

一〇〇分の一食べてもわからないが一〇日経てば、誰が見てもわかるようになる。二〇日経てばより明らかになる。それでも「一個ぐらいは……一個ぐらいは……」が続き、所持品検査の時にはほとんどの人が半分以下、中には数個しか残っていない人もいた。

このときばかりは上官から厳しく叱責される。しかし幸いだったのは、軍隊につきものの就寝前の私的制裁が禁じられていたことである。私的制裁とは、今でいういじめである。ストレス一杯の軍隊生活の中で自分より弱い立場の人を殴って、うっぷん晴らしをすることは多かった。しかし、敵地の真ん中の兵舎から逃亡者を出すわけにはいかず、禁止されていた。

つばで ふやかして
じっーくり 時間かけて
食べるったい
みーんな やってた
かくれ食い!!!
モホ モホ
非常食
はじめは
乾パン100個
こんぺいとう10つぶ
入ってた!
でも……
すこーしずつ
へっていったい

同じ事情で、軍隊につきものの起床ラッパと消灯ラッパもなかった。それに、風呂も便所の紙もなかった。便所の紙の代用品は雑草か小石だった。

食事も充分でないこの時に、初めて食べたのは、イギリス式の食パンと中国の万頭《まんとう》（蒸しパン）、そして小夜食（夜食）で出た水餃子だ。

食パンは一週間に一回出された。とても美味しいが、一枚だけなので物足りない。誰より食べるのが早い戦友のBは、下士官の残したパンの耳を食べるため、「班長殿の食器を下げてきます」と仕事を買って出ていた。

兵が空腹の中、下士官以上の上級者はパンを二枚も三枚も食べ、しかも、耳を残す人もいたということである。

万頭は肥料にする肥（大小便）を汲みにくる中

国人が持ってきた。その万頭と一週間に一箱配給されるタバコを交換するのである。

タバコを隠し持ち、「厠《かわや》（便所）に行ってまいります」と、上官に報告して兵舎をでる。厠は寝泊まりする宿舎から離れていたので、許可を得ないと行くことはできない。

でっぷりと太った中国人の肥汲服《こえぐみふく》（小・大便の飛沫よけのエプロン）の下に隠して持ち込まれた白い万頭とタバコを手早く交換し、便所内で口に押し込むように急いで食べる。次に万頭をタバコと交換して食べたい戦友が控えているからだ。

どんなタバコ好きでも、嗜好品のタバコより、明日を生きるエネルギーになり、空腹を満たしてくれる万頭を選んだ。肥を汲む手でわしづかみされた万頭はもちろんむきだしで、大腸菌一杯だったと思う。

空腹は愛煙家も食べ物を優先させ、大腸菌も平気にする。空腹は何にも勝る。

水餃子の材料のメリケン粉の練ったものを、調理場で手のひらに入るくらい盗んで兵舎に戻り、豆粒くらいに分けて「ほら」とくれる戦友がいた。もちろん生である。

定良が誰にも内緒で食べたのが、食べることを禁止されていた馬の餌の唐豆（そら豆）だった。

「馬の餌食べるべからず」と貼紙がされた馬小屋の餌場から素早く一握りポケットに入れ、便所で「ボリボリ」と食べた。

唐豆はそら豆とか、おたふく豆ともいわれ、茹でたり油で揚げたり、炒ったりしてお八つとしてもよく食べていたが、馬の餌だから生の上、虫に食われたものだった。しかし、唐豆の中にいる虫の味が豆の味と混じり、ほろ苦く、以外と美味しかった。ニュージーランドやアマゾンの原住民はご馳走として大型幼虫を食べるそうだが、その味が想像できる。

誰も話題にはしなかったが、他の戦友たちも同じように食べていたと思う。

定良は入れ歯になった今も唐豆が好きで、スーパーの豆コーナーから時折買って食べる。

そして、一九四五（昭和二〇）年の正月には飯盒《はんごう》の中ごう（内ぶた）に少し酒が振舞われた。

訓練以外の仕事は馬の世話

訓練以外の定良の仕事は馬の手入れと世話だった。朝起きて自分の顔を洗う前に馬の顔から尻尾、肛門まできれいに拭き上げていた。定良の家は牛しか飼っていなかったが、馬の扱いには慣れていた。

耕運機（土壌を耕す器械）のない時代であり、農作業を手伝ったのは牛や馬だった。牛や馬に器具を着けて、田畑を耕していた。

雌馬は大人しく人間の思い通りに動くが、雄馬は荒々しく、農作業には向かないので去勢（性器を除去し生殖不能な状態とすること）していた。そして去勢後一カ月間は荒々しさが残る馬を落ち着かせるため、夕方の散歩が必要だった。その夕方の散歩を「定良ちゃん、いい」と近所の農家から頼まれ、「いいよ」と快くしていたから、その経験が役立った。役に立たない経験もあるかもしれないが、経験は多いほど役に立つ確率は多くなる。

原隊復帰命令と申告

敵地の真ん中での初年兵教育が無事に終り、原隊（本来所属する部隊）に復帰（戻る）命令が出た。

出発の日、中隊長の岡本大尉に復帰申告をするのは序列一番の役目である。

新兵は七〇名中一割以上が入院し、六〇名弱になっていた。その中で中学校卒業者（現在の高校）は三人、その一人で定良と成績を争っていた臼杵商業卒業のSは入院していた。定良は序列一番になり、申告の練習を三日間することになる。

練習はすべての訓練が終わった後に上官の部屋に行き、「秋月二等兵他六〇名は、昭和二〇年二月一日付けをもって、原隊復帰を命ぜられました。ここに謹んで申告いたします」と敬礼をしながら大きな声で言う。それをひたすら繰り返すものだった。

教育担当の上官と二人になった時の言葉が、後に定良の命を助ける。

「秋月、お前はこれから戦場の最前線に行くのだが、戦いでどんなことがあっても野戦病院にだけは絶対入院するな。第一戦の病院は薬なんかないんだぞ。あっても正露丸かアス

秋月2等兵他
○名は
昭和20年
2月1日付けを
もって…
ハキハキ

ピリン（解熱・鎮痛・抗炎症剤）だけ。病人に飯を食わせてくれる人なんかいないんだ」と。

原隊復帰

徴発しながらの原隊復帰

原隊とは本来所属している部隊のこと。教育訓練を終え、本来の務めを果たすための移動が始まった。原隊復帰の目的地は少佐以上の将校は知っていたが、初年兵には知らされない。現代でも軍隊はそうなのであろうか、普通では考えられない移動だった。

しかし、初年兵教育前に一度歩いた応城を雪の降りしきるなか歩いて漢口に戻ると、誰からともなく「目的地の原隊は桂林」と耳にはいり、「桂林に行くなら歩いて三カ月ほどかかる」と聞かされる。既に身体はへとへとである。

定良は「気力で歩いても、この状態で三カ月歩けば気が変になる。何とか行かなくてすむ方法はないか」と真剣に考えた。

「頭が痛くて、動けません」とか「お腹が痛くて、動けません」とか……。

「動けない」のがポイントであることはわかるが、「誰が見ても動けない」と納得させる口実が思いつかない。

「身体がきついので、もうこれ以上動きたくありません」などと本当の気持ちをいえば、「お国の非常事態に何を考えている」といわれ、営倉《えいそう》（兵舎内にある拘置施設）に入れられるのは間違いない。

場合によれば、陸軍の刑務所に当たる重営倉に入れられるだろう。そうなれば、もっとひどい状態になる。

そうこうしているうちに漢口を出発する時がきた。初年兵として原隊に向かうしか選択はなかった。

定良が参加したのは、日中戦争の「湘桂《しょうけい》作戦」*（「大陸打通作戦」）だった。

奥漢鉄道（広東－衡陽－漢口）と、湘桂鉄道（衡陽－桂林）沿線の米軍基地を潰し、べ

注　湘桂作戦は、一九四四（昭和一九）年四月一六日、応城を出発、人員は三六万人、馬、七万七〇〇〇頭を動員、火砲一二八二門、戦車一〇三両、自動車九四五〇台。期間六カ月で進攻距離は一二〇〇キロに及ぶ。

歩いて歩いて歩いて
どこまでもどこまでも

トナムのハノイから日本に石油を運ぶ一五〇〇キロの陸路をつくる作戦だった。太平洋の海路をアメリカ軍に制圧され、海上交通を断たれ、石油資源を何としても手に入れるための作戦だった。戦争の継続にも日本の工業の生産維持にとっても何としても資源が必要だった。

この作戦は、大本営（天皇に直属する軍事指導の最高機関）でも反対の声があがり、後に最悪の作戦といわれた。定良たちはこの戦いに参加する最後の初年兵になった。

定良は機関銃中隊の輸送業務担当だったので、馬車を引いて原隊に向かう。

幸いなことに馬車の積荷はないので、自分の背嚢と雑嚢を馬車に載せ、手ぶらで歩くことができた。輸送するのは自分の身体だけである。

原隊復帰中の初年兵だからまだ身軽だったが、小銃部隊だと、一人一丁の三キロはある三八式歩兵銃と三〇発（多い人は一二〇発　）の実弾が入った雑嚢。背嚢には、毛布、米、靴下、飯盒、調味料の味噌、醤油、塩など一杯の荷物が入っていて、総重量は六〇キロ以上あった。一日四〇〜五〇キロ位は歩くので、ただ歩くだけでも荷物があるかないかで疲れが全然違う。これも定良にとって運のよいことの一つだった。

中国軍は小銃と弾丸だけしか持っていない軽装備の部隊もあり、一日に八〇キロ歩いていた。

天気の良い日は他の者が馬を引き、馬が動きたがらない雨の日は、上官が「秋月、代われ」と命令され、馬に慣れた定良が馬を引いた。

三カ月と聞いた移動が約四カ月、一一八日間かかった。

その間、配給の食事があったのは、いくつかの兵站基地での二〇日間ぐらいで、それ以外の一〇〇日近くは食糧の配給はなく、「徴発」という名のドロボーをして飢えをしのいだ。

本来は、部隊の主計官（経理担当者）が、住民と価格を交渉して食糧の対価を支払って食糧を準備する「調達」が原則だった。

しかし、統制がとれ、調達する店な

どがある所以外では「徴発」の名の下の「略奪」をするしか食糧を手に入れる手段はなかった。

三国時代の武将が作ったであろう道幅五メートルに足りない道を軍公路と名づけ、その周辺の農家からの徴発である。

三日歩いて四日目は徴発する。先行部隊が軍公路付近の農家から徴発していたので、少しずつ食いつぶされて、エリアはだんだん広がり周囲一五キロ位になっていた。当時六二万人といわれていた日本兵の少なくとも半分がこの徴発をしたと思う。

徴発を逃れて、食物や家財道具を持って避難していた人々が多かった。そのため無人の集落も多く、ある時はお腹一杯、ない時は二日も三日も水だけということになった。

主に食べたのは赤米が混ざった中国米で、調味料は塩、醤油、味噌。醤油は携帯に便利なように粉末にしたりした。味噌をゴマ油でいためて作ったゴマ味噌、通称鉄火ミソがおかずになった。

クリーク*に石灰をまくと鮒が浮いてき、クリークの水を抜いて干すと、大きな馬鹿貝がでてきた。無人の農家でそれを焼いたり煮て食べたりもした。

注　クリークとは、田畑を潤す灌漑《かんがい》のために造られた人口池である。川から水を引いて溜めておき、田畑に水が必要な時に水門を開けて水を流す仕組みになっている。

ある隊は、筍と塩で一カ月間ご飯を食べ、最後は一メートル程に伸びた筍というより竹を食べたそうだ。筍にうんざりして食べたのが、米ぬかに塩を加えてゴマ油で揚げたものだった。農家にゴマ油はたくさんあった。

二、三日駐留することが決まったある隊は、大豆から豆腐を作ったり、時には酒造りをしたそうだ。

また、稲田を見つけると稲を刈り、籾をしごき、籾すり、強制乾燥させて白米を炊いたり、モチ米を蒸して、餅つきをした隊もあったと聞いた。嗅覚の鋭い戦友が、焼酎らしき壺を見つけたことはあったが、定良の隊では餅つきはなかった。

徴発の標的になった農家は、夜明けにご飯が炊き上がった頃、銃弾の音で家から逃げる。もちろん銃弾は中国人を撃つためではなく、徴発をしやすくするための「いなくなってくれ」の合図である。顔を合わせることがないのが、せめてもの救いだった。

不思議なことに、顔が見えないと、悪いことをしているという感覚が薄れてしまう。農民は気配が静かになって自分の家に戻ると、食料はすべて日本兵が食べつくしている。次から次にやってくる日本兵に食料を根こそぎ取られ、そのため餓死した中国人もいたと聞いた。

このような野蛮な行為は正式に認められることではなかったが、食料の輸送が追い付かず、調達も不可能なので首脳部も見て見ぬふりをしていたのだろう。

漢口で中国の紙幣「儲備《ちょび》銀行券」一〇元で煙草一箱買えたのが、長沙を過ぎ衡陽を過ぎる頃、煙草一本が一〇〇元になっていた。一箱二〇本だから二〇〇〇倍だ。日本軍が全く信用されていない証しだった。

この頃、中国国民が一番信頼していた「中央銀行券」を米軍が飛行機でばら撒いたという噂を聞いた。飛行機からは紙幣と一緒にメッセージが書かれた紙もあった。「勇敢なる日本軍将兵よ、善良なる中国国民からの略奪を止め、この銀行券で買ってやってくれ」と。

この勇敢なる日本兵は、時折力の強そうな中国人を見つけると、苦力（クーリー＝労働者）として将校の荷物を持たせたと、中国に出征した五八師団の軍医魚住孝義の『ある患者収容隊員の死』には記録されている。

同書には、「日本で怖いものといえば『地震、雷、火事、親父』だが、この頃の中国で一番怖いのは、クーリーにするため強制的に農民を駆り出す『拉夫《ラーフ》（人さらい）』である。一旦クーリーになると、逃げても、大きな川を二、三度渡ると中国の川は橋が架かっていないので、帰れない。また、隣の省に行って逃げると、大きな中国では省が違うと言葉が違うので外国人と同じ状態になり、その省の自警団に殺される。また、他の日本軍に捕まっ

30分で…
まきをひろうもの
ふぅー
メラメラ
火をおこすもの
半炊きでもかっこむ!
サクサク…
ワセワセ
おかず?は粉しょう油や塩のみ。
米に水を入れるもの
※洗う、とぐそんな時間ないい〜!!!
そして…
昼&夕の携行食も用意するのダ

たりもする」と、いうことが書かれていて、「拉夫《ラーフ》」は、中国人にとっては何より怖いものだったことがわかる。

当時の中国の軍隊は、蒋介石率いる正規軍と毛沢東率いる八路軍の二つの大きな勢力があり、互いに覇権（権力の座）を争っていた。

それに省ごと、またその土地で、大小の自警軍や財閥の私兵が加わり、それらのすべてに日本軍は追われた。戦闘部隊ではなく、装備のない原隊復帰途中の初年兵の集団はただ逃げ惑うことしかできなかった。

急行軍の時は、「休憩三〇分で、朝食をすまし（炊いて食べ）、昼・夕食の携行（用意）」という無茶な命令もでた。

小隊ごとで燃料の薪を集める人、火を起こす準備をする人、米に水を入れる人（洗う、とぐ暇はない）

とで分担し、手早くしないととても間に合わない。間に合わないと絶食しなければならない。幸い中国のコメは粘りがないので早く炊きあがる。半炊きでも携帯用の粉醤油や塩をかけてなんとか食べる。最初は慌てふためいた三〇分も、徐々に要領良くなり手慣れてできるようになった。

食べられそうな物は何でも食べることができ、どんな水でも飲める胃腸を「野戦腹」とか「豚腹」といった。現代風にいえば、「動物的な嗅覚を持ち、逞しい胃と、善玉菌一杯の腸を持っている」この腹を持つ人しか生き残れなかった。

日本人の徴発を逃れて空き家になっている家があれば、そこで寝る。家がなければ道で寝る。四五分歩いて一五分の小休止、昼食時は休む暇はない。

午後は三時か四時に大休止が一時間あった。「休憩」の号令がかかると道に座り込んだ。晴れの日の休憩は、静寂が流れ、暑さを避けて夜道を歩く夜行軍では、月の光をまばゆく感じ、雨の日の休憩は、座りこんだお尻の下

を雨水が流れるのを感じながら、疲れ果てて動けなかった。休憩が終わって、「出発」の号令を聞いた時の辛さは忘れられない。

雨に濡れたら乾くまで、乾いたら濡れるまで、ぬかるみに足を奪われ靴が泥だらけになったら、土ぼこりで靴の泥が落ちるまで歩いた。歩いて歩いて、とにかく水のある所、家のある所まで歩いた。「戦争とは歩くことなり」という言葉があるが、歩くことと食べることとしか考えられない。

寒空の中で雨に濡れると、乾くまで身体が冷えて体力を消耗した。

定良は、平成の時代になって一〇〇円ショップに初めて行き、そこで売られていたレインコートを見た時、「このコートが兵隊に与えられていたら、亡くなった人は半分、いやビニールの風呂敷一枚でも、亡くなった人は三分の一に減っただろ

う」と思った。

「ションベン一町、クソ八町」（一町は一〇九メートル）という言葉があった。排尿するのに一〇九メートル遅れ、排便には一キロ近く遅れるというのだ。軍隊の原則は「部隊から離れるな」、遅れをとることはそのまま死を意味した。こんな状態の中で用を足すと、取り残される可能性を表した言葉であった。

行軍（列を組んで遠距離を目指して移動）中にスーと力が抜け、腰を落として倒れる者がいると、戦友が「立て」と声をかけ、足で蹴って刺激を与える。

「もう動けません」と言葉がでれば戦友が手を貸し、反応がなければそのままにされた。

一緒に戦う中隊は、互いに助け合い励ましあう家族のようなものである。しかし、仮にすぐ近くに病院があったとしても、倒れた兵一人を運ぶには、担架の前と後を持つ二人必要になる。その二人の荷物を持つ人と交代要員で五人の負担が増えることになる。

自分一人の身体と荷物を運ぶのが限界の体力では、たとえ親友が倒れても、自分の身を切る思いで取り残すしかなかった。

動けなくなった兵士を助けて野戦病院に連れて行く「患者収容隊」や、輸送する「患者輸送隊」もあったが、この頃になると収容する者が生きのびるのに精一杯で、隊の目的は果たしていなかった。

戦争がはじまった頃は、亡くなった人は僧侶が弔っていた。戦争が続き戦死者が増えると肘から切った腕を白い布に包んで戦友が背嚢にいれて運び、次の宿営地で弔うようになった。残された遺体は、道路わきに急いで掘られた穴に埋められた。そして、戦争も終わりに近ずいた時、ほとんどの戦死者はほったらかしにされた。

戦友が一人、また一人と亡くなっていった。

人の死を悲しむと、足が進まないし、空腹でも食べることができない。自衛本能が人の死に対しての感情をマヒさせた。

「悲しむのは後でもできる。今は生きなければ」と感情に蓋をし無感動にならなければ、生きることができなかった。

「休憩」の号令を聞いても、定良は休憩できなかった。馬に水を飲ませなければならなかったからだ。当然、水を見つけると洗面器一杯くらいの水を自分も飲む。その後が馬だ。今考えると、水を飲む元気もなく座り込んで、脱水症で亡くなった兵もいたのではないかと思う。馬に水を飲ませるついでに、水を飲んでいた定良は水分不足になることはなかった。これも「運がよかった」ことの一つだ。

長江につながる淡水湖の「洞庭湖」近くで、農学校の学友で一緒に入営した三明孝志と出会った。彼は他の中隊に所属していた。懐かしさに近づくと、「秋月、きつい。秋月、もうきつい、きつい」と顎を上げて繰り返す。

言われても聞いても、どうすることもできないのが戦争である。

「言っても仕方がない、頑張れ」としか言葉を返せない。

まだ原隊に復帰してもいないのに、いつの間にか隊の人数は半分以下になっていた。その後、同級生の三明とも会うことはなかった。

いつの間にか千人針はシラミの住まいになり、疲れて箸も重いと感じた時に捨てた。お守りを捨てたのは、目の前で千人針をつけた人が次から次に死んでいき、効き目がないことがわかったからである。お守りは迷信だ、信じるのは自分の体力と気力しかない。

箸がなくても、小枝を拾って箸代わりにし、それもない時は手づかみで食べた。

気が休まる一時と仁丹、馬の太郎は花子が好き

原隊復帰中、人の命が次から次と落とされる地獄のような戦場でも心休まる一時があった。

四、五月のうららかな日の休憩中、道端に座り込み、千人針やシャツの縫い目に潜むシラミを一匹一匹、両手の親指でプッチプッチとつぶしていく時は無心になれた。

テレビの番組でストレス解消法の一つに、緩衝用のプチプチシートをプチ、プチと潰《つぶ》していくとよいと紹介されていたが、正しく同じだ。

また隊には一〇頭の馬がいた。中でも「太郎」という雄馬は雌馬の「花子」が前にいると、花子のお尻を追いかけるようにサッサと歩くが、そうでないと途端にぐずついて動かなくなる。そうなると馬の扱いが上手い定良の出番になる。そんな太郎の様子にも心が安らいだ。

気が休まるわけではないが、定良が懐かしく驚いたのが、中国のどの村にも「仁丹」の看板があったこと。

中国のどの村にもこの看板があったんだよ
仁丹
びっくりしたけどなつかしかった

中国では医者にかかれず高い薬も買えない庶民が、価格が安い上にコレラなどの伝染病にも効くと信じられた「仁丹」を万病薬として常備していた。

この時の陸軍の合言葉は、「仁丹の看板のあるところまで行け」。中国の小さな村々にまで侵略しろという意味だった。

桂林で原隊復帰

一九四五（昭和二〇）年五月二七日、桂林に着く。

桂林は連なる岩山に松があり、漓江《りこう》の大きな流れもまるで山水画をそのままにしたような景勝地である。

美を感じるには経験が必要だ。しかし、経験も景色を楽しむ余裕もない定良は、景勝地を見ても「日本と違う、変わった山や川がある景色だなあ」としか思えなかった。

廣西省桂林県桂林に着くとすぐに独立歩兵第九五大隊機関銃中隊に編入される。中支派遣第一一軍団第五八師団独立歩兵第九五大隊機関銃中隊、指揮班に配属された。

三カ月の予定を一一八日、約四カ月かけて原隊のある桂林に到着した時、入営して九カ月が過ぎていた。入営時、機関銃中隊の同年兵五〇名中、無事に原隊に編入できたのは確かではないが二〇名前後だった。

原隊に復帰して数日後、野戦病院で身体検査があった。

病院の身体検査といっても名ばかり、中国の民家の中で衛生兵が棒秤で体重を計り、顔色を見るだけ。

定良は初年兵教育の始まったときに四五キロあった体重が四二キロになっていた。入営した時の五二キロより一〇キロ痩せ、役立たずと思われたのか「即入院」と判定された。

その場所で、学友西園幸雄と出会う。他の中隊に配属され、やはり入院と判断されていた。同じ故郷で同日入隊にもかかわらず、中隊が違うと中々会えない。久しぶりに会う西園に、学生時代剣道初段だった面影はなかった。お互いの身を案じての会話の中で西園が「入院せよといわれた。お前はどうだった」と聞いてきた。

みんなが痩せて栄養失調状態、入院が必要な人ばかりだが、隊に残る方が生きのびる可能性は高い。定良は教育担当の上官から言われたことを思い出した。

「俺も言われたが入院したらダメだ。入院しても薬もないし、食事の世話をする人もいない。絶対ダメだ。俺は入院しない。一緒に生きて日本に帰ろう」と懇々と説得した。

第一戦における野戦病院は病舎もなく、数少ない軍医と衛生兵がいるだけの、患者と虚弱兵士の集団で、食べ物は自給自足、つまり戦闘が始まれば助けてくれる人はなく、助けがない状態で一日四〇キロの移動をしなくてはならない。

一方中隊とは軍隊における生死を共にする自分の家、互いに助け合い励ましあう家族のようなものだ。それに中隊は頑強な古参兵ばかり、つまり中隊にいれば怒鳴られても食べさせてくれるが、病院では慰められても食べさせてくれる人がいないのだ。

しかし、厳しい現実に、「いや。それでも中隊で戦うより、病院の方が休める。ましだろう」と西園は言った。そして、そこで別れた。

西園と会ったのはこの時が最後だった。

定良は「即入院」といわれたことは口外せず、「秋月一等兵、只今身体検査を終わり、帰隊いたしました」と上官に申告し、中隊に居直った。

一カ月半の戦争体験

中国内では対立している蒋介石率いる正規軍と毛沢東率いる八路軍、それに各地の軍閥や自営軍すべてが力を合わせ、「抗日」のスローガンのもとに日本軍への反撃を強めていた。同じ国内で国民同士が戦う前に、中国全体で、遠く南の南寧まで進撃していた日本軍を追い出してすっきりしようというわけだ。それをアメリカ軍が後押ししていた。

何もわからない初年兵の定良は上官の指示に従って、ただ右往左往するだけだったが、この後の一カ月半が一番戦争らしい体験をした。軍暦調査票には「桂林全県付近の戦闘に参加」とある。

重機関銃は銃身三〇キロと脚部分二五キロに分け、遠距離は四人で、近距離や緊急時は二人で持って移動していた。

ある時、中国軍の銃撃を受けて、定良は銃身三〇キロを一人で抱え、田植えをした田んぼの中を死に物狂いで走り回ったことがある。体重四二キロで三〇キロを抱えて走るのはまさしく「火事場の馬鹿力」である。

銃撃戦が終わったと思われ、別々に逃げ惑っていた隊が山頂に集合して一服している時、銃弾が「シューー」と音をたてて定良の耳の横をかすめていった。

「シュル、シュル」か「シューー」か「ヒュー」か音の違いで身体と銃弾の距離がわかる。「シューー」は真近の音だった。

「秋月あぶなかったなあ」と上官が言った。

運の良いことに、あと数センチの差で命拾いをした。

徴発で食べた甘いものがあわや死亡原因に

ある日賑やか町並みのある、豊かな町で徴発をした。食料品の店もあり、砂糖、小豆、米となんでもある。いつものように、町民は「いなくなってくれ」の合図の銃弾で一人もいない。

ぜんざいとぼた餅をたくさん作って、しこたま食べた。

甘いものは大好物、食べていると幸せな気持ちになり、しばし戦争も忘れる。

久しぶりの甘いものと喜んだのもつかの間、大下痢をした。「発熱と下痢は命取り」と言われているのに……。

「しまった。これでもうおしまいか、死亡原因が甘いぜんざいか……」と覚悟をしたが、幸いなことに下痢は一度で治まり、生き延びることができた。

もう一つ甘くて苦い思い出が、将校の砂糖である。

徴発で見つけた砂糖を、将校用として飯盒《はんごう》にいれて馬の荷台で運んでいた。

その砂糖をアメリカ軍の飛行機から銃撃を受けたドサクサに紛れ、機関銃部隊の初年兵一〇名位で舐《な》め、「砂糖入りの飯盒を、先ほどの空襲でなくしました」と報告した。

空の飯盒は盗み食いの証拠になるため、クリークに投げ捨てた。

ところがその後、隊はその地で宿営することになり、クリークの水を抜いてクリークにいる魚を獲ることになった。

クリークの水を抜くと、魚と一緒に空の飯盒がでてきた。犯人は前後のいきさつから機

関銃部隊と判明した。

　この時ばかりは上等兵の小隊長（将校はおらず、上等兵が小隊長をしていた）から制裁を受ける覚悟をした。

　しかし上等兵は「貴様は……」とどなった後、「秋月、おまえは中学を出ているし、幹部候補生を志願できる身だ、以後注意しろ」と諭される。

　軍隊は学歴による序列の社会。入営と同時に見習士官になった同級生は、農学校卒業後に鹿児島高等農林（現・鹿児島大学）に進んでいた。後で自分の上官になるかもわからない人の恨みを買うようなことは、誰もしない。

　ただ一度だけのアメリカ軍の空よりの攻撃とともに、忘れられない記憶である。

戦場で食べた丸ごとの豚と鶏

この頃三日間宿営した桂林付近の村は、ふんだんに豚と鶏を飼っていた。いつものように、警告の銃声で村人は一人もいない。

軍隊にはさまざまな経験者がいて、豚の解体もお手のものだ。元肉屋を営んでいた古参兵の指示で、豚と鶏を解体し、料理をした。

面白いことに、少し前まで精も根も着き果てたように憔悴《しょうすい》していた者も、食べ物の準備をしていると生き返ったようになる。

一日目と二日目は肉ばかりを食べた。ところが、ぜいたくなことに、肉ばかり食べていると胃が「肉はもうこれ以上食べれない」と受けつけない状態になる。すると、今度は古参兵が上手く内臓も料理してくれた。

不思議なことに肉は食べれなくなったのに、内臓はいくらでも食べることができる。

三日目は豚と鶏の内臓しか、食べなくなっていた。

定良はこの三日間の食生活で、弱った体力が回復した気がした。やはり肉はエネルギー源である。

また、おそらく後からきた部隊に食べられたのは馬の「オオサカ」である。

オオサカはある雨の日に倒れて、身動きしなくなり、死んだ。

農作業を手伝う牛馬も畑仕事の仲間であるのと同様、馬も共に戦う戦友だから、一緒に行動した人間はどんなに空腹でも食べることはできない。動かなくなったオオサカを公路の脇に置き、手を合わせて見送った。

しかし、共に行動していなければ馬も食糧になる。

教育隊に分遣命令、そして終戦

師団教育隊に分遣

一九四五（昭和二〇）年七月一三日、大きな組織にありがちな現実とはかけ離れた命令が定良にくだされる。下級士官を養成をする教育隊に分遣*されたのだ。下士官は野戦で小隊を指揮する小隊長クラスた。この人員を養成するためである。

幹部候補生には、乙種と甲種があり、乙種は下士官、甲種は将校の養成を目指した。幹部候補生になり昇進したいと、定良はかねてから願っていたが、当時の戦況は日本海軍が全滅し、無謀な戦争の結果がでていた。いまさら、指揮官をいくらつくりだしても勝ち目のない戦況だったのだ。

少なくとも軍隊幹部には、敗戦への道が見えていたと思えるが、定良は戦争の全体像は何もわからず、命令に従うしかなかった。ともかく幹部候補生を育成する師団教育隊に分遣された。

選ばれた理由は、小学校高等科を卒業、農学校に配属された将校の軍事教練を週一回受けていて、資格を持っていたからだった。しかし、この分遣が定良の運命の分かれ道になった

教育隊分遣の命令と同時に、幹部候補生としての教育を受けるために南京の師団教育隊に向かって、漢口、洞庭湖、長沙、衡陽《こうよう》、桂林と今まで約四カ月かけて来た道を再度戻ることになる。

教育隊機関銃部隊は、各大隊から二、三人ずつ幹部候補生が集まった隊で、一五名前後の五区隊で成り立ち、全部で七五名くらい。一〜三区隊は小銃区隊。四区隊は機関銃区隊。五区隊は大砲区隊であった。

各区隊に区隊長と下士官の班長がいて、定良が所属する区隊の区隊長は甲斐少尉、班長が新田軍曹だった。

注　分遣とは本隊などから分けて派遣することで、ここでは、教育隊で下士官への養成を受けることを意味する。

出発準備をしているところに、馬に乗った隊長がきた。敬礼をしなければいけないが、教育隊は寄せ集め部隊なので、号令をかける頭取《とうどり》（係り）がいない。敬礼しないと誰かが叱責される。

定良はとっさに機転を利かせ、「機関銃区隊集合！　隊長殿に敬礼」と号令をかけた。

号令をかける係は本来交代制で「頭取」といわれ、食事の際の役割分担などの指示・命令もしていた。その一件以来、区隊長に「頭取は秋月」と指示された。便宜上の分隊長に昇進したわけだ。

原隊には、教育隊より一五日遅れの七月二八日に桂林を撤退する命令が下された。名づけて「反転作戦」この後におよんでも、退却とは考えたくなかったのだ。

この後、南寧《なんねい》・柳州《りょしゅう》まで侵略した日本軍を、中国軍にアメリカ軍とイギリス軍がベトナム・ハノイ方面から援助をして追撃した。

日本軍六二万人に対し中国軍三〇〇万人が終戦の日まで熾烈な戦いを繰り広げた。

定良が教育隊に分遣され、原隊より一五日間早く桂林を出発したことが、結果的に一五日間早く退却したことになった。教育隊も追われることはあったが、本隊の悲惨さとは比べようがなかった。これも「運」の一つであろう。


イタリア、ドイツはすでに無条件降伏をしており、一九四五（昭和二〇）年七月二六日にドイツ・ベルリン郊外のポツダムにおいて、アメリカ合衆国大統領ハリー・S・トルーマン、イギリスの首相ウィンストン・チャーチル、ソビエト連邦共産党書記長ヨシフ・スターリンが集まり、アメリカ合衆国大統領、イギリス首相、中華民国主席の名で（ソビエトはのちに加わる）大日本帝国（日本）に「全日本軍の無条件降伏」などを求めていた。

しかし、日本はこれを無視することにした。

そして、八月六日広島に原爆投下。領土保全と不可侵を相互に尊重する日ソ中立条約のソ連邦による廃棄通告が一九四五年四月五日にあり、八月八日にはそのソ連が日本に宣戦布告し、満州にソ連軍がなだれ込んでいた。さらに、八月九日に長崎に原爆投下と大変な事態が続いていたが、中国にいる一兵卒の定良は知る術もなかった。

そして終戦の五日前、八月一〇日に定良の面接試験があり、「甲種幹部候補生合格」「上等兵進級命令」がでた。

軍隊における昇進の筋道が「甲種幹部候補生」「予備士官学校」「見習士官」「将校」と見えてきたとたん八月一四日に停戦になった。

天皇陛下の前で行われる午前会議でポツダム宣言受諾が決定。

日本国内では、八月一五日に天皇陛下の「耐えがたきを耐え……」のラジオ放送（玉音放送）を日本国民が聴くことになる。

日本が降伏し、第二次世界大戦が終わる。

敗戦を納得した敵兵の身なり

一九四五（昭和二〇）年八月一五日終戦。戦地の定良は八月二〇日頃に日本が敗戦したと耳にする。これ以降復員（召集を解かれた兵士が帰郷すること）のため終結地（帰国まで過ごす収容所）がある湖北省「黄梅」に向かうことになる。

ところが現実は、急に「終戦」といわれても受け止められない。昨日まで「白」と教えられた色が、急に「これはまっ黒」といわれるような感覚だった。

身体は終結地に向かっていながら、「本当に戦争は終わったのか、日本は負けたのか？」と頭の中は半信半疑のままであった。

八月二〇日を数日過ぎた頃、黄梅に向かう道の脇で休憩する定良たち敗残兵の前を、髭もきれいに剃り、真新しい乗馬姿とピカピカの軍靴を履き馬に乗った中国軍と米軍将校十数名の一団が通り過ぎていった。

一方、定良たち敗残兵といえば、髭は伸び放題、軍服も一年以上着たきりで、汚れて、あちらこちらほころびボロボロの状態だ。戦争中でなければホームレスよりひどい身なりともいえる。身なりの大きな違いで、「やはり、終戦は間違いない。噂で聞いていたが、日本が負けたのだ」と初めて納得した。

一抹の寂しさはあったが、それ以上に「戦争は終わった、助かった！　これで日本に帰ることができる」と力が抜けるような安堵を感じた。

安堵した人ばかりでなく、日本が負けたと聞いて精神に異常をきたした人もいた。異常をきたしたその軍曹は、軍隊がすべてのような人だった。

定良のように国より召集されて兵になった応召軍人と違い、自ら望んで軍人になった人を職業軍人といった。職業軍人は、当然軍人としての訓練も積み、プロ意識も高い。当時の農家の次男・三男は田畑を相続できず、生きる道の職業として軍隊に入隊した人が多く、軍曹もその一人だった。

終戦は、軍曹にとっては人生すべてが終わるように残酷で、悲しく、受け入れがたい現実だったのだろう。

戦いが終わって食べたもの

戦いが終わったからといって、食事の配給があるわけではなかった。食べる物がないのは戦争中も終戦後も一緒だった。

一〇月頃に歩いた道の左右には見渡す限りの芋畑があり、芋を食べた。戦争に負けているので、今までのように銃声で農民を追い払い、食べ物を盗み取る徴発はできないが、食べないわけにもいかず、完全な盗み食いである。戦争が終わっても、兵士が歩く公道の周囲一〇キロ四方は中国人が避難していて、芋は主のいない中国人農家の台所で茹でたり、

焼いたり、蒸したり、茹でたものをこねたりして食べた。芋を食べた後に、弁当として背嚢に入れて歩いていると胸焼けがしてくる。

「こんなにムカムカする、気分が悪くなる芋はいらない」と道端に捨てる。しかし、歩いているとまた腹がすき、芋を食べる。またムカムカして、「芋は二度と食べない」と思うが、空腹になるとまた食べる。

豚腹を持っているからか空腹はなぜか懲りない。

芋畑を三、四日歩くと、今度は見渡す限りの落花生畑があった。落花生の料理法は、茹でるか焼くかの二通りしか知らず、茹でたり焼いたりして食べた。

途中、中国軍に重機関銃を銃機返納したと同時に、中国兵に重機関銃の使い方を教えることになる。返納とは借りたものをかえす場合に使う言葉だが、戦争に負けると本来は自国の武器が相手国の武器になり、取り上げられる。

重機関銃は最新兵器。しかし中国軍には使える人がいなかったのだ。上官が中国兵に使い方を教え、重機関銃中隊の隊員がアシスタントを務める。最新兵器とそれを使う技術は、次に中国人同士の戦いに活かされることになる。寂しい事に、馬も兵器とみなされ返納する。つまり取り上げられた。

約二月歩いて、揚子江沿岸湖北省の「黄梅」の収容所にたどり着く。

戦後になって、軍医の魚住孝義先生に聞いた話だが、五八師団の中に約一〇〇名の朝鮮出身の兵隊がいた。彼らは優秀なたくましい志願兵で、歩兵少尉の小隊長もいたそうだ。「皇民化」の教育では、「内鮮一体」といい内地（日本国内）と朝鮮が一つと教えていた。しかし、戦争が終わると、朝鮮人の彼らは日本に復員することはできず、朝鮮に帰るしかない。

ある日、祖国に帰る朝鮮出身者三〇名が、五八師団司令部に新しい軍服、背嚢、脚絆、水筒、雑嚢を身につけて整列した。旅団長が「祖国に帰って、朝鮮の建設に邁進されんことを望む」と送る言葉を伝えると、「自分たちは祖国・朝鮮に帰っても、どうしていいかわからない。両親、親戚、友人も日本にいるので、一緒に日本に連れて帰ってくれ」と懇願したという。

日本に帰れないとわかった後、四〇名の朝鮮出身兵が、中国で逃亡した。

「黄梅」での収容所生活と帰国

相変わらず空腹の収容所での生活

定良の中国での収容所生活は一九四五年（昭和二〇年）一一月から翌年五月一四日までである。身に迫る命の危険がなかったからか、収容所での約七カ月の記憶はあまりない。

満州（中国東北部、ロシア連邦では「極東」と呼ばれる）にいた日本兵は「日本に帰る」といわれたが、実際はロシアの極寒の地シベリアに連行された。そこは、冬はマイナス五〇度になり、農作業や農地の開墾などの重労働を強制された。収容所によっては充分な食事を与えられず、寒さと栄養失調で亡くなった人が多かった。

黄梅では、幸いにもそのようなことはなかったが、相変わらず空腹だった。

黄梅の収容所は元日本軍の兵舎（元々は中国の民家）あとで、一メートル位の土手に囲まれ、入り口には日本軍の衛兵（守衛担当兵）がいて、自主管理していた。

敗戦しても日本軍の組織は残っていた。敷地内には司令部、野戦病院、病馬廠《しょう》（病気の馬を収容する場所）、糧秣《りょうまつ》廠（食料保存庫）などがあり、兵士は五キロ以内にある農家にも分宿していた。

定良は一階級昇進し兵長になっていたので、中隊の連絡要員として同年兵とは別に寝起きしていた。光が入らない湿気の多い農家の土間の藁の上で寝るので、軍医の指示でマラリアを運ぶ蚊の退治のためにヨモギを集めて燻《いぶ》した。

一人一枚与えられた毛布を、二人一組になり、二人で二枚の毛布をかけて寝ていた。一枚より二枚の方が二倍の暖かさになり、一緒に寝る相棒の体温でお互いの暖かさを増すからだ。

ところが、定良はいつの間にか二人分の毛布を一人で巻きつけて寝てしまい「お前とは、寝れん」と誰も一緒に寝る人がいなくなった。定良に悪気はなく、凍るような寒さに反応して、若い生命力が自分の身体を無意識に守っていたのだ。

仕方なく、一人で一枚の毛布を身体にぐるぐると巻いて寝た。

収容所での食べ物

中隊長以下は知らなかったことだが、ハーグ陸戦条約やジュネーヴ条約に基づき捕虜の取り扱いが決められていた。食料については一人一日六合の米と副食費代として八〇元～一〇〇元を日本軍は中国軍から受け取っていた。受け取ったまま支給されていれば、日本兵も満腹とはいえずとも空腹にはならなかったはずで、現実との差は収容所の生活をスムーズに維持するための経費になっていたと後で知る。

経費とは、例えば日本と中国の上級将校同士の会食費や、日本兵が起こした盗難や悪戯の賠償費や弁償に充てられていた。必要経費といえば、必要経費とも思えるが、一兵士の定良は相変わらず空腹だった。

食糧の不足分は、山林伐採や橋の修理、道路の修復や中国人農家の手伝いなどをしてもらった現物支給のお米をお粥にして食べた。

調理は小隊単位でする。炊き立てお粥はご飯より熱く、熱くても平気な人がたくさん食べることができる。たくさん食べたい一心で、いつの間にか定良も熱々のお粥を食べるこ

とができるようになった。そのお陰で九〇歳を過ぎても、人がとても食べれないような熱いものを平気で食べることができる。

四、五月の黄梅の畑にはたくさんセリがあった。日本では春の七草の一つでもあるセリだが、そのたくさんあるセリとご飯と一緒に炊き、セリご飯でなく、ご飯よりセリが多い「ご飯セリ」にして食べた。セリの葉に、ご飯粒がパラパラとついたもので、満腹感はなく、おまけに消化が悪かった。

小川をせき止めて小魚を獲ったり、田んぼのカエルを獲ってゆでて食べた。

カエルの皮をむいて茹でると手足の五本の指が大きく広がり、まるで「ごめんなさい」と言っているように見える。気持ちが悪いが、茹でる以上の調理をするほどの気力がなく、空腹に任せて食べた。

カエルはピョンピョン跳ねるので、獲るには体力が必要だったが、体力がなくても採れたのはタニシだった。これも茹でて食べた。

「これは毒キノコだから食べてはダメ」と中国人がいうキノコを食べた事があった。

「大丈夫」とキノコに詳しい戦友の言葉を信じ、「死ぬなら死ぬまでのこと」と皆で食べた。今まで生きてきたのだから、皆覚悟は良い。

翌朝、恐る恐る様子を見に来た中国人が、「生きてる」と元気な皆を見て驚いていた。その後は、そのキノコを中国人も食べるようになったと思う。

黄梅の中国人のご馳走は灌漑用のクリークにたくさんいた鮒らしく、ご飯の上に鮒を載せて、「こんなものは、あなたたち日本人は食べれないだろう」と、見せびらかされたこともあった。

当然収容所よりも中国人の食生活の方が豊かで、中国人の農家に逃げた日本兵もいた。また蒋介石の軍からスカウトされて、去った者もいた。兵は下士官に、下士官は将校に

昇進し、日本軍から中国軍への鞍替えである。
ある時、大きな木を二人の中国人が大きな鋸で切りながら、「日本にこんな大きな鋸《のこ》はあるか」と少し自慢げに聞かれた。日本は既に製材所があり機械化されていたが、「ある」といっても虚しい。仮に「ある」といっても嘘と思われる。
戦争に負ければ、すべてが劣ってしまう。首を横に振って「ない」と応えた。

空想でつくるぼた餅は最高の楽しみ

寒い夜、交代で歩哨（兵舎や陣地の要所に立ち警戒や監視を勤める係）に立つ時間の楽しみがあった。

夜空の青白い月を見ながら、「日本に帰ったたら、お母さんに頼んでぼた餅を作ってもらおう」と思う

のだ。

「ダメダメ、お母さんは病気だから自分で作ろう」と思い直す。

そして長く楽しい想像の時間が始まる。

「餅米をキュキュとよく洗って、炊いて、少し待って蒸らして、白くて艶々の餅米が炊き上がったら、こん棒でついて、こねてこねて、ついてよく混ぜて……もういいかなあ、いやいや、もっと、まだ良くこねて」そして、「小豆も洗って一晩置いて、やわらかく、やわらかく炊いて、砂糖をたくさん入れて甘くして、こねて、こねて」と、ぼた餅を作る状景を何度も何度も空想した。そして、故国の父母を思った。

寒空の月明りの下、日本に帰って両親と一緒にぼた餅を食べる日を想像すると、とても幸せな気分になれた。

戦争中は一度も思い出す余裕のなかった父母や、故郷葛原の景色を思い出し、間近いはずの帰る日を楽しみに想像した。

復員

約七カ月の収容所生活を終え、定良たちが帰国を開始したのは一九四六（昭和二一）年五月一四日で、日本の土地を踏んだのは一カ月後の六月一六日だった。

まず、南京まで揚子江を船で移動する。船に乗るには、米軍に乗船者名簿をローマ字で提出する必要があった。一〇〇～一五〇名の中でローマ字が書けるのは中隊長、定良を含め三名だった。乗船者名簿をローマ字で書いた定良は、「秋月は英語ができる」と皆から言われる。無論、ローマ字と英語は違うのだが、違いがわかる人がいなくて、同じと思われていた。いずれにしろ、できるに越したことはない。

南京には二日間滞在した。次に列車で上海に移動する。移動中、定良は車窓から久しぶりに民家に灯る二・三個の微かな電気の灯を見た。博多港から釜山に向かう時に見た博多の灯以来、一年九カ月ぶりだった。博多港を出る船から見た灯は、人間の生活から遠ざかる寂しく悲しいものだったが、この時見た灯は遠くても、人間の生活に近づく温かく嬉しいものだった。上海の収容所には約三週間滞在した。復員する人の数にたいして輸送船が不足していたのだ。ここでは何もすることはなく、復員兵がブラブラと収容所内を動き回っていた。

兵站基地は戦争の後方支援をする場所で、戦争が終わり、部隊が日本に復員する計画や支援、食料の配給をする収容所になっていた。

滞在中に配給された食糧は、馬糧《ばりょう》といい馬の餌として保管していた三、四年前の乾燥とうもろこし。馬も兵器とみなされて返納（中国に取り上げられる）したので、餌も馬用から人間用に格上げしたわけだ。

三週間、明けても暮れても生煮のとうもろこしを食べた。調理をする燃料の薪が充分でないので、ドラム缶の水でふやかし、サッと消毒するように火を通したが、熱を通すには不十分だった。味付けの塩もない生煮のとうもろこしは食べても消化せず、ほとんどがそのままの状態で便になってでた。固いとうもろこしの皮が問題だと思い、時間をかけて口の中で一粒ずつ皮を出してみたが空腹に根気が負ける。

収容所の便所は大きなテントの下に一メートル幅の長い穴を掘り、座るための板を等間隔に渡しただけである。渡した板の数が多ければ用をたす人数もふえる。もちろん間に壁も対立てもないが、お尻を出して恥ずかしいという気持ちはとっくに捨てていた。

その長い穴には不消化のとうもろこしが一杯あった。さぞかし豚が喜ぶえさになったと想像できる。

上海で受けたのがマラリア検査と治療であった。亡くなった戦友の主な死因は下痢と栄養失調、そしてマラリアだった。マラリアは、中国ではあまり見られなかったが、伝染の危険性があるため検査があった。

復員船に乗船前、アメリカ兵が噴霧状の白い粉を頭から下着の中、足の先まで吹っかけた。「これは何」と聞きたいが、後から後から人が来るので、聞く暇もない。また、聞いたところで英語で答えるだろうからわからない。

「この白い粉で、死ぬことはないだろう」と、されるがままにしていたが、次の日に「シラミがいない」と気づき、白い粉が消毒剤の「ＤＤＴ」と知った。

シラミは宮崎で入営した時から、定良を何時も悩ませていた虫だ。ＤＤＴのお陰で、シラミとの戦いが終わり、やっと決別できた。

一九四六（昭和二一）年六月九日上海港で乗船する。船に乗ると動けない程の復員兵で混雑していた。板に細い穴をあける道具の錐《きり》を立てる場所もないことを「立錐《りっすい》の余地もない」というが、正しくこの状態をいうと思った。

動けないほどの船内で、収容所から中国の農家に逃げていた四日市町出身のH氏が近づいてきた。復員船の事を耳にして黄梅の収容所に戻り、同じ船に乗っていたのだ。「中国の農家に逃げていたことを、誰にも言うな」と耳元で囁かれ、うなずいた。たとえ終戦後でも、「食べるために収容所から逃げた」となれば、帰国しての名誉は損なわれる。本人が亡くなるまで、家族にもいわなかった。

船内で食べたのは、固形燃料を使って海水で炊いたご飯。おかずはないが、塩加減が丁度良く美味しかった。

一九四六年六月一六日、一週間かけて博多港に到着し、召集が解除された。自由の身になったはずだが、定良は上官から「お前は残務整理をしろ」と命じられ、博多の禅寺・聖福寺*にて三日間仕事をする。そこは傷ついた復員兵でごった返していた。

食事は寺の境内で飯盒で炊いて食べた。久しぶりにゆっくり炊いてゆっくり食べることができた。

注　聖福寺は鎌倉時代の創建で博多の古刹《こさつ》であるが、古くから庶民の施療所があり、戦後は引き揚げ者のための病院である聖福病院や引き揚げ孤児の収容施設、聖福寮が設置されていた。

終戦時に中国や朝鮮半島に取り残された日本人は約六六〇万人いたそうで、そのうち約一三九万人が博多港に上陸したという。復員した民間人の中には、始めて日本の土を踏む人もいた。外地と呼ばれる台湾や韓国で生まれ育った人たちで、その人たちにとっては日本は異郷の地だった。

ふるさと葛原に戻る

一九四六年六月一九日、博多から国鉄に乗り故郷大分県宇佐市の豊前善光寺駅に降り立った。二年間履き古した編み上げ靴。ボロボロになった軍服。背負っている布の背嚢には下着の褌《ふんどし》一枚も入っていない空っぽである。懐には復員船で上陸した時にもらった約二年分の軍隊勤務の報酬五百円が入っていた。

当時、豊前善光寺駅と豊前二日市（現・宇佐市院内町二日市）まで一五・五キロを結んでいた大分交通豊州線*（日出生台線）があった。

その豊洲鉄道に乗り換えれば、四日市は二駅目だ。そう思い歩いていると、うどん屋の看板が目に入った。よし、とうどんを食べる。ただの素うどんだったが、このうどんの美味しさは「日本に帰った、故郷の葛原に帰った！」と実感する味で、終生忘れることはできない。

そして、一年九カ月間、一度も手紙を出すことさえ叶わなかった家に辿り着いた。家には既に「定良帰る」の連絡が、一歩先に帰郷した同じ中隊の人から入っていた。

両親は定良のひどい有様に驚く様子もなく、笑顔で迎えてくれた。復員した人は皆同じようにボロボロの状態だったのだ。

母・タズは大喜びし、震える身体で料理をしてくれた。父・隆は畳の下から日本酒の一升ビンを取り出し、「お前が戻ったら飲もうと思って隠していた」といった。もちろんお酒一升が配給されるわけはないから、闇で手に入れたものだったのであろう。

定良も一口、口にしたが、定良の疲れきった身体にお酒は毒になっても、美味しくはない。ただ、定良の帰宅を母が喜び、父親が美味しいお酒を飲んでいる姿は素直に嬉しかった。

注　別名軽便鉄道。建設費や維持費が安く、低規格で建設された。豊前善光寺を起点とし、安心院を経て陸軍の演習場がある日出生台を結ぶ路線として開設されたが、豊前二日市までしか開設されず、一九五一（昭和二六）年ルース台風で全線寸断され、そのまま廃線となった。近くには、同じ軽便鉄道の大分県の豊後高田から宇佐八幡まで八・八キロを走る大分交通宇佐参宮線もあった。一九六五（昭和四〇）年に廃止、宇佐八幡駅跡に、蒸気機関車二六号が保存されている。

た。

今まで自分のことで精一杯だった定良は、この時親の気持ちをはじめて想像した。

驚いたことに、てっきり戦死したと思っていた兄・忠雄も含め兄三人が既に復員していた。

五男の定良より遅く出征した長男・力造は、海軍に入隊したが船を見ることなく、長崎県佐世保市で防空壕を掘っていたという。三男・忠夫は定良が出征した時、既に三年間音信不通だったので、とても生きて帰えることはないと思われていたが、南方前線より生還。戦争の肉体的、精神的な痛みを封印した多くの人と

同じように激戦地の思い出を話すことは、一生なかった。定良よりも残酷で過酷な体験をしていることが伺える。

定良の直ぐ上の兄四男の良雄は、宮崎の都城の駐屯地で見習士官として初年兵教育の教官をしていた。戦地には行っていない兄だが、戦地とは違う辛さがあった。

「初年兵教育をしていて一番難しく辛かったのは、学生時代教えてくれた恩師を初年兵として訓練すること」だった。徴兵される年齢が段々高くなった結果、年下の生徒が年上の教師を訓練する矛盾が起きていたのだ。

次男・保はシベリアに抑留され、定良が復員して二年後に戻ってきた。戦後三年近くたっていた。宮崎の材木会社で身につけた経理の能力が役立ち、過酷な肉体労働をしなくて良かったことが生きて戻れた要因だった。

五つの日の丸を揚げ、五人とも生きて戦後を迎えたのは当時稀なことだった。こうして、秋月家の戦争が終わった。

村田シズカの戦争

一九二六年九月一日。村田シズカは西本願寺別院の北門横にある仏具店「れんげ屋」の長女として生まれた。

一九二六年は大正天皇が崩御《ほうぎょ》（亡くなり）した大正一五年でもあり、昭和天皇が即位した昭和元年でもある。シズカが生まれたちょうど三年前の一九二三年九月一日の正午前に、一〇万人以上が亡くなる関東大震災が起こった。同じ日の誕生だったので「災害なく静かに暮らせるように」と思いを込められ「シズカ」と名づけられた。しかし、「しーちゃんはシズカじゃない。サワグ」と幼馴染みにいわれる程、細い身体に似合わない大きな声の賑やかな性格だった。

お寺の境内は子供の頃からの遊び場で、庫裏《くり》（寺の台所）に入っては、ご住職に「ここで遊ぶなあ」と怒鳴られたり、新聞小説や映画で人気の「丹下佐膳」の真似をして、目の上に墨で×の字を書いて先生に怒られたりもする活発な娘だった。

女学校生活も楽しく過ごした。当時の女学校は男性との交際は一切禁止。ラブレターを

料金受取人払郵便

博多北局承認

7067

差出有効期間
2016年3月13日まで
（切手不要）

郵便はがき

812-8790

158

福岡市博多区
奈良屋町13番4号

海鳥社営業部 行

通信欄

通信用カード

このはがきを，小社への通信または小社刊行書のご注文にご利用下さい。今後，新刊などのご案内をさせていただきます。ご記入いただいた個人情報は，ご注文をいただいた書籍の発送，お支払いの確認などのご連絡及び小社の新刊案内をお送りするために利用し，その目的以外での利用はいたしません。

新刊案内を［希望する　希望しない］

〒　　　　　☎　（　　）

ご住所

ご氏名《フリガナ》　　（　　歳）

お買い上げの書店名　　**じいちゃんの青春**

関心をお持ちの分野

歴史，民俗，文学，教育，思想，旅行，自然，その他（　　）

ご意見，ご感想

購入申込欄

小社出版物は全国の書店、ネット書店で購入できます。トーハン，日販，大阪屋，または地方・小出版流通センターの取扱書ということで最寄りの書店にご注文下さい。なお、本状にて小社宛にご注文下さると、郵便振替用紙同封の上直送いたします。送料無料。なお小社ホームページでもご注文できます。http://www.kaichosha-f.co.jp

書名		冊
書名		冊

もらっても自宅謹慎（登校禁止）になった。四日市県立高等女学校も例外でなかったが、その反動のように、「エス」といい、後輩が憧れの先輩にラブレターのような手紙を送っていた。宝塚のような、女性の世界である。

シズカの靴箱にも、何度か後輩からのラブレターが入っていたが、同性への手紙も謹慎対象なので返事を出すのは怖く、「手紙をくれたこの後輩は、どんな女性なんだろう」と乙女らしい空想の世界で遊んでいた。

そして、女学校卒業とともに小倉の陸軍の造兵廠で挺身隊として兵器の製図を写す仕事をする。

小倉造兵廠は米軍の原爆投下の最初の目標になり、天候が悪くて中止になった場所だ。一番多い時は約四万人が働き、広大な敷地には百数十棟もの工場が立ち並んでいた。後で知ったことだが、兵器だけでなく、ジェット気流に乗せて米本土爆撃を狙った風船爆弾も製造されていた。空爆の恐ろしさは感じていたが、寮で寝起きして工場と往復する生活は、上司にも先輩にも可愛がられて、充実していた。

その後、爆撃を避け、四日市町の隣りの糸口山に陸軍小倉造兵廠が工場疎開（避難）することになり、シズカも四日市の実家に戻った。ちょうどこのころ、定良が出征する。

そして、翌年、終戦の約一カ月前の七月一三日、シズカの母親が肺結核で亡くなった。

当時肺結核は安静にすることしか治療法のない不治の病だった。

母親が亡くなり、悲しみも寂しさも癒えないうちに、継母が家に入って来た。

父にすれば、幼いシズカの弟や妹の世話を見てもらいたいという意図もあったのだろうが、十代のシズカには理解できず許せなかった。継母がどんな人であっても口もききたくなかった。実家は小倉の寮よりも住み心地の悪い場所になっていた。

宇佐でも、一九三九（昭和一四）年に開設された宇佐海軍航空隊で、一九四五（昭和二〇）年より特攻訓練も始まっていた。

宇佐海軍航空基地は、定良も農学校時代に毎日のように草刈りをした場所である。基地に並んでいたのはパイロット訓練用の飛行機、通称「赤とんぼ」。軽い金属パイプに布で貼った胴、二枚の翼も赤いペンキで塗られ、時速一三〇キロで飛ぶ姿が赤とんぼのように見えるのでこの名前がついたらしい。軽いので、練習中に葛原の田んぼによく不時着したが、フワァーと落ちてきた。

秋月家の苗床にも一度落ちて苗が全部だめになったことがある。集落全体から苗を分けてもらって田植えをして大変だった。稲刈り前の秋、「赤とんぼが落ちた」の声に走って行くと、田んぼに落ちた「赤とんぼ」の翼に腰かけた訓練生が、実った稲を採ってポリポリと食べていた。

一九四五（昭和二〇）年になるとそんなのんびりした風景はなくなり、北海道から沖縄までの日本の一六三都市がＢ29の爆撃を受けた。三月一〇日の東京の大空襲では、一日に一〇万人が亡くなった。

一九四五（昭和二〇）年四月二一日、四日市町もアメリカ軍の爆撃を受け、その日だけで、民間人一〇四人が即死、負傷後、防空壕内で七十数名、収容後死亡百数名、合計三二〇人が死亡した。シズカを幼い時から可愛がってくれた向かいの時計屋の主人も亡くなった。

宇佐海軍航空隊で訓練を受けた特攻隊員は一七三名いた。特攻隊で亡くなった若い命は陸海軍合わせると七〇〇〇人にのぼる。

そして、終戦の八月一五日正午の玉音放送後にも、彗星（大平洋戦争後半の日本海軍主力機、特攻機としても使用された）一一機（三機不時着）に二二名が搭乗し、沖縄の米艦隊に向けて出撃した。

注　一九四三（昭和一八）年一〇月より、それまで徴集延期の制度が適用されていた文科系の学生約一〇万人が、陸海軍の戦地に赴くことになった。いわゆる学徒出陣である。（理工科、医科、農芸化学、林学、農林化学、畜産、師範学校、高等師範学校は対象を免れた）出陣のたてまえは一般兵員の補充だったが、実質的には絶望的な戦況の起死回生を狙った特攻隊要員だった。

戦後、混乱のなかからの出発

戦時中の頼みの綱は戦後のドロボー

葛原に戻って間もなく、戦友のJが定良の家を訪ねてきた。一緒に戦った友だ。うれしくて、なけなしの食事とお酒で精一杯歓待した。

戦友が帰ってから、財布がないことに気づいた。家中を探してみると、床下の隅からお金を抜いた財布がでてきた。

定良はJが員数づけの名人だったことを思い出した。員数とは軍隊用語で、数を合わせること。

初年兵教育の時、重機関銃のネジが一本なくなった事があった。

「お国の大切な物をなくして、出てくるまで探せ」と全体責任を問われ、全員があてもなく延々と探した。

その時、小倉の軍事工場に勤めていた戦友が、「工場にはネジが一杯あった。ポケットに入れて持ってくればよかった」と悔やんだが、悔やんでも遅い。一度なくしたものを探すのは大変だ。ネジは、結局出てこなかった……。

数合わせが得意なJは、隊にとって重要かつ不可欠な人だった。何かがなくなり責任を追及されるときに、どこからかその品物を探し出してくる。しかし、実態は他の隊の物をわからないように盗る、つまり泥棒だった。

戦争が終わると見方が一八〇度変わることがたくさんあったが、戦争中の戦友の有り難い能力も戦後は迷惑な能力になった。

戦後の結婚と就職事情

一九四五(昭和二〇)年の、日本の総人口は約七〇〇〇万人。戦争で多くの人が亡くなった。日本政府は、日本人の戦争での犠牲者を日中戦争と太平洋戦争合わせて、軍人二〇二万一〇〇〇人、民間人八七万二九〇〇人が亡くなったとし、三一〇万人を追悼している。

アジア全体での戦争による死者は二〇〇〇万人を超えるといわれ、全世界では六〇〇〇万人が命を落としたと推定されている。

戦死者は既婚者もいたが、その多くが若い未婚の男性だった。

戦前は男性中心の職場だった国鉄や郵便局の仕事も、そして力仕事さえも戦時中は女性がした。税務署も例外でなく、帰郷して間もなく元の職場である税務署に挨拶に行くと、女性と高齢者と身障者で職場を切り盛りしていた。

「明日からでも出勤してください」と出勤簿を見せられた。肩書が変わり、「大蔵事務官」に昇進していたが、職場復帰ができなかった。

入営する三カ月前の一九四四（昭和一九）年六月に、菩提寺から出火し、その延焼で家が全焼、職場に着て行く服がなかったからである。

税務署勤務の女性は、いわゆる良家の裕福なお嬢さんばかり。戦後の物資不足の中でもきれいな格好をしていた。

定良も税務署勤務時代は国民服と給与で誂えた背広とを交互に着て仕事をしていた。火事で焼けたのは背広。国民服は中国で食べ物と交換してしまい、今あるのはボロボロの軍服だけ。いくら洗濯して繕ってもボロボロはボロボロ。ボロボロの軍服に下駄ばきで、綺麗な身なりの女性ばかりの職場で仕事するのはあまりにもみじめに思えた。

後に、一年後輩の税務署署員が復員後、ボロボロの服と下駄ばきで職場復帰したと風の便りで聞いた。

考えてみれば、ボロボロの服装は定良のせいではなく戦争のせいで、みじめに思うことはなかったかもしれない。また、周囲の人もとやかく言う人はいなかっただろう。

生きて帰った適齢期の男性は、養子の口が殺到した。もし仮に職場復帰していれば、息子を亡くした家の娘と結婚し、その家の名字を名乗る婿養子になっただろう。

現状をどう受け止めて行動するかで、人生が変わる。

火事の後、出征までの三カ月間は、借家にしていた和室六畳二間と台所の小さな家から住人に出てもらい、両親と弟の進と住んでいた。その家から定良は出征し、戻った。他の兄弟四人も、小さな家に一旦戻ってきた。

一時期は三男の忠雄夫婦とその長男の泉、両親と、定良の六人がひしめくように小さな家で暮らした。

日本全国で戦争で一〇〇〇万人以上の人が、家を失った。都会に住む人は、焼け残った家財や着物と食べ物を交換していた。

父・隆は、四日市町の収入役から助役を勤めて退職し、その後農業組合に勤めていた。田畑は人手がないので借りていたものは返し、自分たちが食べるだけを耕していた。

田畑の収穫があるので、この頃一番安定して生活ができたのは農家だったが、秋月家はただ食べることができるというだけで、裕福とは程遠い生活だった。

定良は父に、復員省からもらった二年分の報酬五〇〇円の内三〇〇円を渡した。

長男・力造は大阪に出て指し物職人に、次男・保は宮崎の材木会社に職場復帰した。三男の忠夫は農業組合で指導員として働きはじめた。四男の良雄は小学校の教師になった。

戦前は尋常小学校卒業でも、尋常高等小学校卒業でもたくさん仕事があった。農学校や中学を卒業していれば一流企業への就職も夢ではなかったが、今や仕事があれば、生活するためのお金がほしい人が群がるように集まっていた。

元の職場に戻れたり、職を得る人は幸運だった。

力造、保、忠夫は職場関係の人の薦めで戦前にお見合い結婚していた。戦後まもなく、弟の進は縁あって養子に行った。四男の良雄は、戦後同僚の教師・池田美津子と結婚した。

一九四〇年代の見合い結婚率は七〇％だったが、五十年代は見合い結婚と恋愛結婚の割合は半々になり、その後、逆転する（二〇一〇年の見合い結婚は五・三％）。

定良とシズカの結婚

シズカは、定良と同じ尋常小学校の二級下。シズカが四日市尋常小学校六年の時、定良は同じ学校の尋常高等小学校の二年生だった。

級長の定良は、毎朝運動場の点呼で生徒に向かい、「並べ」と誘導し、その後、出欠をとるために「番号」と号令をかけていた。級長は成績が良い人がなる。シズカは定良の「並べ」の口調が優しいと感じた。そして、「もののいい方が優しい、頭の良い人」と、秘かに憧れていた。定良はシズカの初恋の人だった。

四日市は小さな町なので、定良も町に一軒しかない仏具店は知っており、「れんげ屋に可愛い娘がいる」と、意識していた。

定良は、実家にいれば飢えないだけの食べ物はあったが、「大の大人が家にいてブラブラしているわけにはいけない」と思い、「別府で米軍兵舎を建てる仕事がある」と聞き、とにかく行くことにした。生きるためには「敵国の仕事」とかぜいたくはいっておれない。鬼《き》畜《ちく》米兵といってさげすんでいたアメリカ兵は、今は仕事の指図をする上司になった。

八月の終戦直後より、連合国軍最高司令として派遣されたダグラス・マッカーサーを連合国軍の最高司令官とし、日本は連合国の統治下に置かれていた。

その日本の戦後最初のベストセラーは『日米会話帳』だ。三二ページの実用基本英会話の本が三カ月で百万部、一年で、三六〇万部売れたらしい。

戦時中、英語は敵性語として学校での教育も中止されたところもでてきた。英語からきたカタカナ語は、マッチ（Match）は「木製箱形アテコスリ火花発生器」と変えられたが、あまりに長くて使われなかった。野球の「ストライク」は「よし」というように日本語に変えられていた。


仕事は兵舎を建てるための資材の搬入を手伝う肉体労働だったが、着る物に気を使わなくてよかった。また、いつ食べることができるかわからない行軍より、雨風がしのげる寮で寝起きし、毎日確実に食べることができる生活は安心感があった。しかし、翌年九月に兵舎が完成し、その仕事が終わった。

一五カ月の仕事を終え、「別府」から乗った列車で豊前善光寺に降り立った時、偶然同じ列車に乗っていたシズカと再会した。小学生のシズカが、いつの間にか二一歳の美しい大人の女性に成長していた。

「れんげ屋のシーちゃんじゃないかね」と声をかけた。再会といっても口をきくのはこの時が初めてだった。

軽便鉄道も終電車が出ていて、四日市町まで歩いて三〇分間、定良は職を失った不安をうちあけ、シズカは母を失った悲しみをうちあけ、お互いが共に求めているのは明日への希望ということに気づく。

「この道がずーっと続けば良いのに」と思い歩きながらの会話が運命を決めた。

その日から定良は「シズカさんと結婚したい」と思うが、プロポーズできない。服も仕事も、お金もない自分が「『結婚してください』と言えるわけがない」と自分に言い聞かせた。

しかし、次の職が山口県宇部市の炭鉱に決まり、葛原を離れる日が近づくと、シズカに黙って四日市町を離れられない自分がいた。

シズカを呼び出し「大分県を離れ、山口県宇部市に仕事が決まったので行く」と告げると、思いがけず「私も連れてって」とシズカから求婚された。

シズカは、「このまま別れたら、親の薦める人と見合い結婚することになる。それより、初恋の定良の妻になりたい」と思ったのだ。継母のいる家にも、これ以上いたくなかった。

仏具店の後継ぎは弟がいる。

「駆け落ちするわけにいかない。キチッとしよう」と定良も覚悟を決め、父・隆に相談すると、「秋月家は『財格』はないが、『家格』はある」という。つまり、「お金はないが、ちゃんとした家なのだから、自信を持ちなさい」と言いたかったのだろう。無口な父流の励ましだった。

「シズカさんをお嫁にください」と「れんげ屋」にプロポーズに行くと、シズカの父親も喜び、継母も口にこそ出さないが「口も利かない、気まずい関係の娘がいなくなる」と喜んだ。

その日はシズカの実家「れんげ屋」で夕食をご馳走になり、泊まることになった。農家の定良の実家と違い、敷布団が二枚重ねて敷いていて、柔らかく暖かった。

定良は羽織・はかま、シズカは黒留め姿に大きな髪飾りを着け、二人とも仮着で記念写真を撮った。

葛原の小さな家で親戚を呼び、ささやかな披露宴をした。翌日、集落の習わしに従い母タズが震える身体で、うれしそうに黒留め袖姿のシズカの手を取り、ご近所に挨拶に回った。

年が明ければ仕事があるので、結婚披露は一九四七（昭和二二）年一二月三〇日。再会から結婚まで二カ月足らずのスピード婚だった。

社宅が与えられるまでの三カ月間は、門司市（現・北九州市門司区）に嫁いでいた姉高田君江の家にシズカを預けた。この期間が、シズカの花嫁修業期間になった。職と食、そして住を求めて新婚生活がスタートした。

宇部の炭坑で働く

多くの人が生きるために職を探して、右往左往していた。良い条件（給与）の働き口があると、群がるように人が集まった。

宇部での勤めは父・隆の知人が山口県宇部市の東見初《ひがしみそめ》炭鉱で仕事をしており、その会社（現在の宇部興産）に就職が決まった。当時は炭坑勤めは条件の良い仕事だった。

戦前、税務署での給与は、二年かけて三八円から四三円になっていたが、この頃は日に日に物価が上がり、一般的な給与も五〇倍以上の二〇〇〇円に上がっていた。いわゆるインフレーション、通称インフレの状態だった。

定良が復員時にもらった報酬五〇〇円も、戦地に赴く前なら一年分の給与に当たるが、今では一週間分の価値しかなかった。

炭鉱で働くと三〇〇〇円の給料だという。危険が伴う仕事なので割高の給料だったのだ。また、肉体労働のせいか、米の配給も増配されていた。

戦後の日本を復興するには石炭エネルギーが不可欠で、石炭の需要に供給が追い付かず、炭鉱は二四時間稼働していた。そのために勤務は、昼の勤務、夕刻から夜中までの勤務、夜中から朝までの三交代制だった。

定良は父・隆の知人が担当する坑内の梁などを補強したりする仕繰夫《しくりふ》をした。危険は感じなかった。

仕事は単調な肉体労働で不器用な定良は苦手だったが、空腹で雨に濡れたままの行軍に比べれば、夜中の勤務も、キャップランプを付けて海底下の坑道を三〇分歩いて、坑内で梁を補強する仕事も辛いといえない。

戦前の炭鉱では刺青をした人が多く働き、荒々しい職場の印象だったが、戦後の炭鉱では就職難ということもあり、中学（現在の高校）を卒業した人は多く、元中学校の先生もいて、学歴も教養もある人たちが炭坑で働いていた。みな人の良い楽しい人だ。

変わり種はいつも『罪と罰』『戦争と平和』『カラマーゾフの兄弟』などのロシア文学書を手にしていたOさん。

「『カラマーゾフの兄弟』を読んでみる」と聞かれて、正直、「どんな兄弟」と思ったが、それがロシア文学の本のタイトルと教えてくれたのも、Oさんだった。昼勤務の仕事が終わった後、台本のようなものを持参して定良とシズカの社宅に遊びにきては、演出家になる夢を語った。

定良は農学校時代は午前中の授業が終わると、午後は学校の農作業や宇佐海軍航空基地の草刈りをして、本を読む余裕などなかった。それまで、本といえば、教科書と「軍人勅諭《ぐんじんちょくゆ》*」、それから町の子が持っていた月刊誌の大全科の表紙しか見たことがなかった。炭鉱で働く人との出会いが、学校で学べなかった世界を広げてくれた。

「軍人勅諭」は正式には『陸海軍軍人に賜はりたる勅諭』といい、変体仮名交じり文語体で、総字数二七〇〇字の、軍人の在るべき姿として、陸軍では将兵は全文暗記することが求められていた。それだけに必死で読んだ。

前文で「朕は汝ら軍人の大元帥《げんすい》なるぞ」と天皇が統帥権《とうすいけん》（軍の最高指揮権）を保持することを示し、以下の五条からなる。

一《ひとつ》軍人は忠節を尽くすを本分とすべし。

一軍人は礼儀を正しくすべし。
一軍事は武勇を尚《とうと》ぶべし。
一軍人は信義を重んずべし。
一軍人は質素を旨とすべし。

新婚生活と食糧事情

定良とシズカは和室二間に台所が付いた長屋の社宅（炭坑住宅、略して炭住）を与えられた。鍋と釜に七輪、茶碗五個に箸を六客そろえ、器用な隣人が作ってくれた食器棚に食器を収めて、新婚生活をスタートさせた。

水道やトイレは共同だったが、二四時間何時でも入浴できる銭湯もあり、その傍に購買部（スーパーのような場所）もあった。

購買部には生活に必要なものは一応そろっている。配給チケットで食料も衣料も買うこ

注　勅諭は天皇が下した告諭。軍人勅諭は一八八二（明治一五）年一月四日に明治天皇が帝国陸海軍の軍人に下賜《かし》した。

とができた。

仕事を終え、三〇分ほど坑内を歩いて地上に出る。翌日の仕事に備えて、坑内で使った鋸切り、金槌、鍼《こき》、鎹《かすがい》などの道具を繰り込み口（出入口）にある工具磨ぎ場に預ける。同僚と銭湯に行って身体の汚れをおとし、社宅に帰って夕食をとる。こんな毎日は食料不足の深刻な市内より文化的な生活のように思えた。

仕事は単調で、給料はその後上がらなかったが、うれしそうに迎えてくれるシズカがいた。

シズカも慣れないながら、水道場へ水汲みにいき、七輪で石炭を使ってご飯を炊き、たらいと洗濯板を使った洗濯など家事に忙しい。また、炭住の隣近所の先輩夫人に連れられ、米や調味料の配給を受け取りに行くのも楽しかった。

「ひもじい」（空腹）という言葉が日本中の合言葉だった。玄米を完全に白米に精米すると、量は七割になる。量を減らさないためお米は七分づきと決められ、これを「七分づき米」または「法定米」と呼んだ。もちろん裕福な人は、この法定米を自宅で一升瓶などに入れて、専用の棒でつついてより白くおいしくして食べたが、多くの人はひもじかった。

そのため、収穫しやすいカボチャや冬瓜を入れた団子汁や、ゴーヤをよく食べた。

時が流れて日本の食糧事情が良くなり、「戦中、戦後、嫌というほどカボチャ（ゴーヤ）を食べた」そのせいで、「今は、食べたくない」という戦争体験者の言葉を聞いたことがある。当時は、たとえ同じ物であっても、とにかく、あるものを食べるしかなかった。

社宅での食事の内容は故郷・葛原とほとんど一緒で、麦飯と味噌汁が中心。漬物と竹輪売りが炭住宅にきた。

竹輪売りのリヤカーがきて買いに行くと、長屋の隣の奥さんが不思議な動作を繰り返す。その動作が何のためのものかがわからないシズカが、「竹輪の穴を望遠鏡を覗くように見て、何本か比べてから買う奥さんがいるけど、何のためだと思う？」と定良にたずねた。二人で理由を考えた結論は、「竹輪の芯にする竹の大きさで、竹輪の容量が違ってくるため」となった。穴が小さいほど容量は大きい。同じ値段なら、少しでも容量の大きいものが食べたいと思って、小さい穴の竹輪を選ぶのは、ひもじいからだ。

飢える心配はなかったが、食材は大事に使った。今まで食べたことがないカボチャの種を炒って落花生のようにして食べたり、キャベツの芯も細く刻んで食べた。

社宅の他の奥さんから聞いて、トウモロコシの芯を薄く切って煮出したりもした。甘い汁になった。

シズカは今でも水道の水の出しっぱなしをしている人を見ると「水の罰があたる」と信

左のちくわがイイ！
穴が小さい方がお得なのです！
主婦のちえ

じている。当然、賞味期限が過ぎていても食べることができる食品や、着ることができる衣服も捨てるのは「もったいない」と思う。

宇部炭坑にきた年の暮れに長女の真知子が生まれる。炭坑の仕事にも生活にも慣れた三年後、定良は仕繰夫《しくりふ》から奥深い坑内での採炭夫《さいたんふ》に異動になる。

なぜ異動になったかを理由を考えると「仕繰夫としての仕事の要領が悪くて、さばけないからか」くらいにしか思いあたらなかった。

ただ、身体一つがようやく通る狭い坑内を腹ばいになって進み、石炭を掘る仕事に、「地震か落盤事故があったら、真っ先に死んでしまうなあ。死んでも遺体は見つからない場所だ」と危険を感じた。同時に幼い真知子を抱くシズカの姿を思い、「もし死んだらシズカと真知子はどうなる」と心配になった。

そして、異動の理由が『レットパージ（red purge）』通称「赤狩り」*によるものだとわかった。

注　連合国軍占領下、連合国軍最高司令官総司令部・総司令官ダグラス・マッカーサーの指令により、「日本共産党とその支持者」と判断された公職者、公務員、民間企業の社員一万人以上が失職した。その考え方が戦後の復興の妨げになる思想と思われたからだ。

かる。「赤」は共産党を指し、共産党員を排除するのが「赤狩り」である。

思い当たるのは同僚の誘いで政治集会に行ったこと。そして、その主催者の一人の国会議員を社宅に泊めたことだ。

宿もない時代で、直接、政治に関わっている人の話を聞けば、世の中の現実が見えてくるかもしれない。色々な話を聞きたいという好奇心と、宿もない時代の親切心だった。

戦争中に「新聞による情報は操作され、信じられない」と思い知らされた。何でも知りたいがための集会参加だった。

採炭夫に異動になって三カ月後、「第一次レッドパージ指定者になりました」と約三年間勤めた職場から解雇通知がでた。

定良にとって、狐につままれたような話だったが、ただ、確かに集会は共産党主催のもので、泊めた人は山口県の共産党国会議員の一人だった。敗戦の反動で、この頃国会に占める共産党議員の割合は高く、三〇名以上いた。

「あー良かった、これで危険な採炭夫の仕事はしなくてすむ」という安堵感と「これからどうして食べて行こう……シズカと真知子を食べさせねばならないのに」と不安感が交錯する。

有り難いことに失業保険が六カ月間でるという。

こうして、三三カ月間の炭鉱生活が終わった。

同じ理由で解雇された同僚は二〇〜三〇人。全員が労働運動も思想も棚上げし、食べるための職探しを始める。

シズカのお腹には、二人目の子供がいた。

占い師になる

妻・シズカと娘・真知子を養わなくてはいけない。社宅に居残り、職探しを始めた。「就職難の時代。何をすれば良いだろう、何ができるだろう」と悩み、糸口を探すように本屋に入ると「手相占い」の本が目に入り、三〇円で買った。

「何がどうなるかわからない時代。みんな悩んでいるに違いない。よし、占い師になろう」。単純な思いつきだが、一夜漬けで勉強して、翌日から占い師になった。

場所は勝手知ったる炭坑の社宅の隣りにある独身寮。テレビもラジオもなく、何の娯楽もない時代である。夕刻仕事を終えた寮の住人に「手相で、あなたの未来を占いませんか」

と声をかけると、「俺も俺も」と次から次に面白いように客が続いた。一人三〇円也。皆がこれからの人生に不安を感じていて、何か希望を持てる言葉が欲しかったのだ。

占いの本に「人間の共通の願いは、現状に共感、同情してもらい、未来に希望を持てること」と書いてあった。

一日間過ぎて見料を計算すると七二〇円になっていた。二四人の未来を占ったのだ。このまま占い師として働いても、炭鉱以上に稼げるとうれしくなった。

うんうん 苦労しとるねぇ
でも あんたの
未来は 明るいよ
占い
見料
三〇円

翌日からは、昼は暇なはずの遊郭街に行き、遊女たちの手相と名前で、これからの人生を占った。

決まり文句は「あなたは故郷に縁がないですね。苦労していますね」。

遊女たちのほとんどは、借金のかたに年季といって契約期間中、遊郭内に拘束されて働いていた。知り合いのいるかもしれない故郷近くの遊郭で働く女性はいない。

「年季があけた後は、良い人生が待っていますよ。良い人と結婚し、子供が三人生まれます」などと、「人間の共通の願いは、現状に共感、同情してもらい、未来に希望を持てること」を忘れないように決まり言葉で占った。

当たる占い師と評判になった。

人身売買同様に遊女を働かしている遊郭は、一九五八（昭和三三）年の売春防止法が施行されるまで、公的に認められていた。

別の場所では、中年の女性から「娘の身体が弱くて悩んでます」と相談を受けた。娘の名前を聞くと「垣元文子」という。

「垣根は太陽が当たらないといけない。娘さんの名前を太陽の陽で『陽子』さんにしなさい」と口から出まかせともいえる直感で占った。

占い稼業が一週間ほど続いたある日に行った食堂で、求められるまま若い男性五、六人を占った。

「見料はお一人三〇円です」と請求した途端、様子が乱暴になり「お前、どこの組のものじゃ」と怒鳴られる。

「私はどこの組のものでもありません」と応えると、「手相見に堅気《かたぎ》（真面目）がおるか」

とまた怒鳴られる。

占いの仕事は任侠の縄張りに管理された仕事と、初めて知り、「あーそうですか。じゃ、辞めます」と食堂をでた。

割の良いはずの占い師の仕事は、一〇日足らずで終了。楽に稼げる仕事が早々あるはずがないことを思い知った。

その頃、成立したばかりの韓国と北朝鮮の間で、朝鮮半島の主権を巡り朝鮮戦争が起きていた(一九五〇年六月二五日 開戦、一九五三年七月二七日休戦)。北朝鮮が韓国との国境を越え進攻し、北朝鮮を中国が、韓国をアメリカを中心とした連合国側が支援し、兵士を派遣して闘っていた。

日本はアメリカの前線基地になり、福岡や小倉はアメリカ軍の後方基地となっていた。風の噂で、小倉に亡くなったアメリカ兵の死体処理の仕事が一日千円であると聞いた。月給三千円の時代に一日千円である。「アメリカは金持ちだ」と思い、小倉の職業安定所まで行って窓口でたずねた。すると、担当者はうんざりした様子で「噂を聞いて、北海道からも求職にきた人がいるけれど、ありません。単なる噂です」と無愛想に追い返される。

荒木のおじちゃんの弟子になる

ガッカリして小倉から宇部への最終列車に乗った。

他に乗客もいないガランとした車両の中に、一人のおじさんが豆をポリポリ食べながらポツンと座っていた。

その様子がなんとも人の良さそうな雰囲気で、思わず「おじさんどこに行くの」と話しかけた。

「山口の宇部にいく」と心まで温かくなるような笑顔で答える。定良が帰る場所だ。解雇されたが、社宅にはまだ住んでいた。

「私も宇部です。宇部まで何しに行くんですか?」見ると、リュック式の缶が網棚にある。

「宇部岬にエビの買い出しに行く」と答えたおじさんの名前は荒木さんとわかる。

「どこか泊まる所はあるんですか?」と聞くと、

「いつも、宇部岬駅の待合室に泊まってる」と言う。夜は冷える一〇月だ。

「夜は寒いでしょう。私の家に泊まってください」と誘った。

車中でエビの仲買の話を聞き、レットパージの話をし、家に着くころには弟子入りが決まり、翌日から修行が始まった。

缶の中に食料を入れかついで売買する。通称カツギ屋の仕事だ。

その後、紆余曲折ありながら、荒木のおじさんに教えられた海産物を売買する仕事の延長で、一生の糧を得ることになる。

ある時、荒木のおじさんの指導通り、宇部岬にエビの仕入れに行った。衣料も食料も商品があれば、あっという間に売れる時代になっていた。エビは統制品ではなく、仕入れることさえできれば必ず売れるので、いかに仕入れるかが問題だった。

知り合いがいるはずがない漁港で、突然声をかけられた。

「あら！、占い師の先生。こんなところで何しとる？」と、いつか占いで娘の改名を勧めた垣元さんだ。

「先生のいう通り、娘の名前を陽子に変えたら、嘘のように元気になりました。本当に有難うございました」というではないか。

「いや、すみません。占い師はやめて、エビの仲買を始めました」というと、

「じゃ、私の船で獲れる魚もエビも、全部先生にお分けしましょう」とあいなった。

袖すり合うも他生の縁。縁は有り難い。

統制品

敗戦と総計六四三万人（三六五万人の在外軍人を含）の海外からの引揚者もあり、食料が極度に不足し、その少ない食料を平等にいきわたらせるために「食料統制法」という法律ができた。しかし、配給の食料だけでは足りず、栄養失調で亡くなる人もいた。

定良がカツギ屋の仕事を始めた翌年、長女の真知子が肝臓病で亡くなった。「美味しいコウコーいらんかー」と沢庵《たくわん》売りの口真似をする様子が可愛い、まだ三歳になったばかりだった。もっと栄養のある物を食べさせてあげる事ができたら、病気にならなかったのではないかと悔やんだが仕方がない。悲しみと喪失感で、シズカはその後一年以上笑えなかった。

真知子が亡くなった一週間後に、次女の枝利子が生まれる。

翌年、枝利子が一歳になった誕生日祝いと、中々悲しみから抜け出せないシズカを元気づけるため「鯛といわないが、せめて何か美味しいものを食べさせたい」と、定良は友人と列車に乗り長門市の仙崎という漁港に買い出しに行った。

それまで、さつま芋の買い出しにも行っていたので、要領はわかる。

ところが、一〇尾のサバを仕入れて戻った厚狭駅で、そのサバ全部を警察に取り上げられた。

たくさん出回っているサバやサンマは統制品で、自分で買うのは「法律違反」ということだ。統制品だから配給されるわけだが、配給でサバを食べた記憶はなかった。

多くの統製品がどこかで横流しされ、一部の人の財産を増やしていた。

警察官に、「長女を昨年三歳で亡くした」こと、「その後生まれた娘の一歳の誕生祝いに、何かおいしいものを食べさせたいと思っての魚」と説明すると、友人と一尾づつのサバが戻ってきた。

一九四七（昭和二二）年には法律を守って、配給だけの食事をとった東京地裁の山口良忠判事が餓死する事件がおきた。

法律を守っていると餓死するという抗議の意味もある死で、現実はお金がある人は闇市や、「買い出し列車」に乗って、食料を買い求めた。

この前後三年間で四〇〇万人の人が食料の闇取引で逮捕されたそうだが、闇取引でお金もうけをしようとする人より、配給の遅配や、欠配で食べるのに困った庶民が多かったという。

波乱万丈、その後の定良

高度成長とともに二八歳から四七歳まで

荒木の小父さんに教えられた海産物の仕事の延長で一生の糧を得ることになった。その後六〇年間の紆余曲折の出来事を簡単に記しておきたい。

一九五三（昭和二八）年、定良が二九歳の時に長男・敏朗が誕生する。

海産物の仕事のスタートはカンカン部隊といい、ブリキ製の容器を肩に紐で担いだり、またはリュックのように背中にしょってやっていた。ブリキの容器の中には漁師から仕入れたエビ・アナゴ、シャコなど、統制品の青魚である鯵、鯖、鰯以外が入っていて、駅前や商店街で個人客相手に売った。

やがて、個人客より多く買ってくれる魚屋さんに売る卸屋、魚屋さんよりもっと多く買ってくれる魚市場に売る卸屋、魚市場に売るより、魚市場と漁師の仲立ちをする仲買人と、少しずつ商売の取引相手を変えていった。

その内、商品に少し手を加えると商品価値が高まると気づき、タコを茹でて卸す水産加工も手掛けるようになる。九州でタコを茹でて卸したのは定良が最初だった。

赤貝の卸は、独占のルートを持っていたので「赤貝天皇」と揶揄《やゆ》する人もいた。それだけ、調子に乗っていたということだろう。

一九五八（昭和三三）年に三女・康江が誕生した折は、床の間一杯のお祝いが届くが、翌年生まれた次男・良倫《よしみち》誕生の祝いは激減する。少しの違いで、他人の心が動くということだろう。

皮肉なことに戦後の日本好景気は他国の戦争のお陰もあった。一九五一年から始まった朝鮮戦争での特需*であった。

三八歳で株式会社東南水産を設立する。翌々年「厄入りのお祝い」を福岡市の中華料理「龍凰」でした折は、妻シズカが黒田節を歌い、袴姿の定良が踊ったのがハイライトシーンになった。東京、大阪、京都の魚市場からもお祝い客がきてくれ、定良の絶頂期だった。

四一歳で、魚の干物を作る乾燥機などを設置した大きな工場を福岡市西区に建設。翌四二歳には、福岡市の能古島で真珠の養殖をスタートさせた。

低迷・苦難期　四八歳から四九歳

好景気はそう続かない。一九七二（昭和四七）年、真珠価格が暴落する。そして、取引先からの手形が不渡りになる。経理知識の未熟などが重なり、東南水産は倒産。この後、約二年間は海産物の仕事から離れ、タクシーの運転手をして妻と育ち盛りの子供四人を養う。妻シズカもパートタイマーで家計を支えた。

タクシーに乗っていると、同じ距離を乗せても運転手に対するお客さんの口のきき方や、お金を出す要領が違って、人間の勉強になった。

一九七三（昭和四八）年、定良たち第五八師団の戦友会がはじまる。

はかない「寄らば大樹の陰」知識と経験の蓄積期　五〇歳から六四歳

住友商事本社の貿易担当者が突然自宅を訪れ、「韓国の海産物を輸入する仕事」の依頼を受ける。住友商事の契約社員のような立場で二年間仕事をするが、担当者が代るとお払い箱になる。契約書を交わさずに仕事をしていたことと、人気商品が変わっていったことが理由である。大手企業の仕組みと時代の波を把握していなかったことを反省する。

まもなく韓国海産物を専門に扱う大手水産会社から、同じような仕事の依頼をされ今度

注　アメリカ軍の買い付けによる特需は、主に土嚢用の麻袋、軍服、軍用毛布、テントに使用される繊維製品であり（糸へン景気）、陣地構築に必要とされる鋼管、針金、鉄条網などの各種鋼材（金へん景気）、などや、他にコンクリートの材料や食料品、そして車両修理などであった。

は約一〇年間仕事をする。社長が変わり、経営方針が変わるとまたお払い箱になる。この時も契約書を交わさずに仕事をしていた。どうも情や直感で働いていて、痛い目に会う傾向があると再び反省する。

しかし、この間、韓国水産庁より、韓国水産業に貢献した功績で螺鈿《らでん》の感謝牌を授与される。また、韓国済州島西帰浦《せいきほ》には、誰よりも高くトサカ（鶏のトサカに似ていて刺身のつまなどに使われる）という海藻を買いつけた定良のお陰で、海女さんが立てた「トサカ御殿」が立ち並ぶと聞いた。

夢は去りても、技術は残る　六五歳から七〇歳

やはり、自分の会社を持たねばならないと、六五歳にして再び株式会社秋月を設立、ヒラメの養殖を始めた。営業成績は好調で、始めて自分の家を建て、外車にも乗るが、一九九二（平成四）年の台風一九号で養殖場を直撃され、五万匹のヒラメの成魚が全滅する。「リスクマネジメント」ができていなかったのが原因と反省を繰り返す。

妻・シズカのために趣味の書を書く部屋を造っていた自宅を売却し、商社グループの支援を受け、次男・良倫に会社の再建を任せて退職する。

定良が建てた養殖場はなくなったが、済州島の友人權鴻泰《コンホーティ》氏に指導したヒラメの養殖技

術は広がり、済州島水産業の主要商品と成長している。
二〇〇二年（平成一四年）戦友会が三〇回で終わる。

特許収得、収穫期、七一歳から九〇歳

友人に請われて、食品会社の役員になる。その後、株式会社秋月を支援していた商社グループ社長が亡くなったと同時に支援も終了。社名を改め、株式会社アッキーフーズになり、次男・良倫が社長に就任、定良はアッキーフーズの顧問として復帰し、工場で社員やパート社員、アルバイトに指導する仕事をする。

規則正しい生活の中、日本にいるはずのない外来害貝のオオクビ貝を繁殖、観察したり、海藻の赤目《アカモク》の研究をする。また、時間を見てはシズカと自宅から車で一〇分ほどで登山口に着く三日月山に登り、漢詩をつくる。ある年は一年間に五〇回登った。

オオクビ貝の観察日記記録は、九州大学水産科の松隈教授が日本貝類学会機関紙に秋月定良の実名入りで発表された。読売新聞社の取材に、「オオクビ貝の旺盛な繁殖に、亡き戦友の命を偲ぶ」と答える。

二〇〇七年（平成一九年）、海藻の赤目からヌルヌル成分・フコイダンエキスを抽出する方法で特許を収得。体力の限界を感じ、現場顧問から在宅顧問になる。

無我夢中で生きてきた過去を振り返ると、戦争中は与えられた状況の中でいかに生き抜くか、いわば受け身の逞しさが必要な時代だった。しかし、戦後は自分で生きていくための糧をいかに得るかの、体力、気力、運に加えて、知識と知恵と人脈と情報が必要だった。

六〇年を経ての墓参り

会社も次男の良倫に任せて一段落し、気持ちと時間の余裕ができると、不思議に軍隊時代の二年間の出来事が思い出される。

「あの頃を、振り返ってみよう」という気になり、大分県庁にある「軍歴調査票」を取り寄せた。軍歴調査票は、本人以外は、手にすることができない軍隊時代の記録だ。

軍歴調査票が届いて封を開けると、定良自身の字で書いていたので驚いた。すっかり忘れていたが、復員船で博多港に戻り、聖福寺でした残務整理の三日間の仕事は軍歴調査票を書く仕事だった。

軍歴調査票を見ると、戦争中の体験が鮮やかに蘇ってきた。

「戦後六〇年を過ぎた。区切りをつけよう」とずっと気になっていた農学校の学友の墓参りを思い立ち、妻・シズカと旅立った。

父・隆につき添われ、同じ列車に乗り合わせて宮崎の兵站基地まで一緒に行った二人である。入営してからは違う中隊だったので、三明孝志は原隊復帰の途中洞庭湖近くで、西園幸雄は原隊復帰後の野戦病院で、それぞれ一回会っただけだ。三明は宇佐郡柳ヶ浦町（現・宇佐市）。西園は宇佐郡麻生村（現・宇佐市麻生）出身だった。

宿泊するのは宇佐の簡保の宿。法事や先祖の墓参りをする時はいつもこの宿に泊まる。四日市町は昔の賑わいがなくなり、葛原はすっかり変わった。四日市町のシズカの実家「れんげ屋」の建物は残っているが、もう店を閉めて長い。「れんげ屋」と西本願寺別院の北門の間にあった洋品店と本屋は跡かたもなく、空き地になっている。

葛原の田畑はまだ残っているものの、川底まで見える水が流れていた前田川はセメントで覆われた水路になり、土の道はアスファルトで舗装されている。

西本願寺と東本願寺別院の「お取り越し」は今もあるが、団体バスできた信者さんがお参りをすませると潮が引くようにサーと帰ってしまい、昔の賑わいは夢のようだという。

唯一変わらない景色の八面山《はちめんざん》、お仏飯山《ぶっぱんやま》、双子山《ふたごさん》、御許山《おもとさん》の連なりが、この宿からは見えて、ホッとする。

宇佐市麻生の軍人墓地は、木々に囲まれてて小高い丘の一〇〇坪足らずの土地に、小さな墓石が三〇基ほど並んでいた。墓石には戒名とともに、氏名、年齢、戦死した場所と年月日が刻まれている。

年齢は一七歳から四〇歳。こんな静かな人影もまばらな山に囲まれた村で、これだけの若い人を集めたものだと感心する。

西園の墓があった。学生時代の剣道初段の逞しい姿と、野戦病院に入院するか否かを悩んでいた姿が重なって思い出される。亡くなった日を見ると終戦の翌年昭和二一年三月。場所は黄梅だった。

定良の勧めどおり、野戦病院に入院せずに終戦を迎えたんだ。そして、会えなかったが黄梅の同じ収容所にいた。

終戦から亡くなるまでの日々に、安らかな時間があったと信じたい。もう数カ月生きることができれば帰国できたのに……と悔やまれる。

同行したシズカが、線香を上げながら涙をポロポロ流している。

「一九歳、二〇歳、二一歳。みんな若い人ばかり」と言いながら。

三明の墓は軍人墓地ではなく、集落の共同墓地にひときわ大きく立てられていた。

墓石を見ると、亡くなったのは原隊に帰隊するために出発した一カ月後、洞庭湖近くの野戦病院だった。定良と会って間もなくのことだ。

日本を出て約半年後。見知らぬ大陸を歩き、疲労と空腹での死ともいえる。

「秋月、きつい。秋月、もうきつい、きつい」と顎を上げて言っていた様子を思い出した。

親がこの状況を知って、見ていたら、どう受け止めたのだろうか。

「戦争という運命に巻き込まれてしまった」と、諦めるしかないのだろうか。

「俺は何のために死んだんだろう。なぜ、なぜ……」。墓石から三明の無念の声が聞こえてきたような気がした。

この時、定良は、戦友が次から次に死んでいく時に押し殺した感情の封印がやっと解かれ、悲しみが湧いてきた。

親が亡くなっても、娘が亡くなっても、

商売に失敗して死にたくなった時も泣いた事はなかったのに、次から次に涙が溢れてきた。学友二人の墓参りを果たしてホッとすると、もう一人気になる同郷の戦友を思い出した。

その戦友は、明日は日本に帰る復員船に乗るという時、高熱のため上海の陸軍病院に入院することになり、妻への伝言を定良に託した。「秋月、帰ったら俺の家に行き、『病気が治ったらお前の元に帰る』と妻に伝えてくれ」と。

約束を果たすため戦友の家を訪ねると、庭先で鶏を追い回して遊んでいる小さな子供が目に入った。

軍服姿の定良を見て家から出てきた奥さんが、鶏を見ながら「主人が復員したら、食べさせようと思って飼っています」と言った。

戦友の言葉を伝えると「それでは、いつ帰ってくるのでしょう?」と奥さんが聞く。定良にわかるはずもなく「中津にいらっしゃる大隊のW曹長に聞かれると、わかるかもしれません」と必死で答えた。

六三年前の情景が、昨日のことのように鮮明によみがえってきたのだ。

記憶をたどり、宇佐市安心院町（旧宇佐郡竜王村）の家を訪ねると、六三年の齢を重ねた戦友の妻は「再婚しました」という。同じ家に住み、表札の名字は戦友と同じ。終戦後は戦争未亡人になった兄の妻と結婚する弟が多かったので、戦友の弟と再婚したのだろうだと思われた。

そして、突然の訪問にも関わらず、偶然のように畑仕事から戻った息子さんとも会うことができた。母親の家の三軒隣に分家して住んでいるという。短い立ち話の後、近くにあった墓にお参りをした。亡くなった場所はアメリカ軍支配下の上海の陸軍病院、命日は定良が伝言を聞いたわずが一〇日後と墓に刻まれていた。

福岡に戻り、息子さん宛ての手紙に「御仏前」をそえて送った。事前に宇佐の友人に記憶を伝え、住所の目星をつけていたものの、家を探し当てるかどうかの自信もなく、花も線香も持たずに行っていた。手紙で突然の訪問の非礼を詫び、「御仏前」で戦友への哀悼の意を伝えたつもりだった。

再婚している奥さんに手紙は出せないが、息子さんなら受け取ってくれると思っていた。ところが、手紙の返事とともに、「御仏前」が戻ってきた。

手紙には「終戦後は苦労しました。先の戦争に関わる記憶は一日も早く忘れてしまいたい気持ち」で「私たち（自分自身と妻と母）のことはそっとしてください」とあり、「お志だけいただき『御仏前』はお返しします」と書かれていた。そして手紙には、「私の父は良い戦友でしたか？」との一文もあった。

戦後の混乱期を父親がいないがために苦労し、突然「あなたのお父さんは……」と言わ

♪オレの子どもはあ〜
せかいいち〜
オレの女房も
べっぴんでぇ〜
ブブッ!
エアー三味線!
ふだんは
くちごもっとったが
なにわ節は
うまかったのォ

れても素直には聞けない心理と、会ったことのない父親であっても、どんな男性だったのか気になる気持ちがその手紙から伺えた。

その戦友は、初年兵教育中の夜半の明りのない兵舎で、日常の会話は口ごもるにも関わらず、「何を何してなんとやら～べベンベン」と口三味線で節をつけ、「清水の次郎長」や「森の石松」の物語を語る浪花節を口三味線で上手に唄い、新婚生活のことも明るく楽しく話していた。

その一文で、定良は自分自身の気持ちに気づいた。

「あなたのお父さんは浪花節を上手に唄い、みんなの気持ちを明るく楽しくする素敵な戦友でした」と、残された家族に伝えたかったのだと。

平成の時代を生きて

戦後二八年経ち、一九七三（昭和四八）年より第五八師団の戦友会が始まった。第一回目の参加者は二〇〇名ほど。

おそらく、一〇〇〇人位の大隊から三〇〇人を超える生還者がいて、二八年後も生きて参加できる距離と状況にいた人たちである。始まって数年後に戦友会の噂を聞いた定良は、よほどの事情がない限り参加した。

戦友会は後にホテルなどで催されることになったが、当初は大分県の護国神社で行われていた。

「開式のことば」に続いて「復員後の物故者への黙禱」「君が代斉唱」と続き、宮司による戦死者の慰霊の儀式へと続く。「慰霊の舞」が奉送されると、各隊代表が「玉ぐしを拝礼」して終了する。

中隊ごとの二次会もあり、一年九カ月の悲惨な思い出を笑いながら何度も繰り返し語りあった。

その戦友会も二〇〇二（平成一四）年の三〇回で終了した。三〇回目の案内は一一〇名に送り、出席者は五〇名、欠席者四一名（理由はほとんど病気）、無回答一九名と会報にあった。

若き定良は何もわからぬまま、戦中、戦後の時代の波を必死に生き延びた。

戦時中、戦後の生活と現代を比べると、夢のように変わった。

スイッチひとつで夏は冷房、冬は暖房で快適に過ごせる。井戸に行くことなく蛇口をひねると、水だけでなく、お湯も出る。かまどに薪をくべたり、七輪で石炭や練炭で火をおこさないでも、電気釜がご飯を炊いてくれる。おかずを炊いたり、焼いたりするガス台は、栓をひねるとガスがでてくる。高齢者なので安全装置に消火設備つきだ。火の出ないオール電化というのもあるらしい。

シズカと暮らす老人二人の一日は、市の委託会社からの「モーニングコール」で始まる。昼は毎日優しいヘルパーさんがきてくれる。時おり若いヘルパーさんには、昔ながらの家事の知恵を教えたりもする。畳を拭く時、雑巾の水分が、季節によって違うことなど、娘も知らなかった。

午後、天気の良い日は散歩をしたり、買い物をしたり、読書をする。月刊誌の「文藝春秋」と「正論」は定期購読している。テレビの相撲中継は欠かさず見るが、若いタレント

恩給受給欠陥者に対して内閣総理大臣より送られた金時計と銀杯

がおおぜい出ている番組は、彼らが何を言っているのかさっぱりわからないので見ない。有り難いことに、葛原と同じように、おかずを持ってきてくれる人や、自分の畑で育てた野菜やお米を持ってきてくれる近所づきあいがある。お返しは、定良の手造り海苔エキス入り石鹸だ。

夜は娘の枝利子から電話がかかり、眠りに就く。

今の定良は飢える心配はない。戦時中に比べると考えられないほど贅沢な食生活を送っているといっていい。

高齢になり少量しか食べることができないので、その分高級な肉を食べ、新鮮な刺身を食べ、天然鯛の潮汁も大好物でよく食卓に上がる。昔は考えられなかったチーズいっぱいのピザも美味しく、ときおり出前を頼む。年に数度だが大好きなカニ料理も河豚も食べにいく。

昔恋い焦がれた甘いお菓子は、頂き物の箱が山積みされていて、賞味期限の長いものを下にして、順番に重ねていき、期限を過ぎないようにいただいている。

今も昔も、美味しいものを食べると幸せになるのは一緒だ。

しかし、心配なこともある。スーパーに行くと野菜も肉も魚も世界中から輸入されたものがいっぱいである。野菜や果物は中国やアメリカ。肉はアメリカ、オーストラリアにメキシコ。魚は韓国にインドネシアにベトナム、タイにチリとアフリカ、アイスランドのものもある。海は繋がっているのでどこの魚を食べても良いと思うが……。

漁師さんの仕事はどうなっているのだろう。

そして、外国からの輸入が多い理由は、日本国内の生産や収穫だけでは足らないからだそうだが、その輸入した食物も含めて、食料の二〇%~三〇%を日本人はゴミにして捨てているというではないか。

亡くなった学友、戦友や学友は、あの世で今の日本をどう思っているのだろうか?

定良は、子供や孫の未来を思うと、日本だけでな世界の様子も気になってくる。定良の願いは子供や孫が争いのない平和な世界で、飢えずに幸せな生活を送ることのみだ。

参考文献

『ある患者収容隊員の死』魚住孝義（春風堂）
『宇佐海軍航空隊始末記』今戸公徳（光人社）
『浜の町病院　生い立ちの姿かたち』西牟田耕治著原寛監修（梓書院）
『日本の歴史6　大日本帝国の時代』（小学館）
『秋月終・回顧録』秋月終（私家版）
『秋月定良・回顧録　九〇才の自分史』秋月定良（私家版）

あとがき

この本は父の記憶を元に書き下ろしました。しかし、父も九十歳という高齢ですから、記憶違いもあるかもしれません。また、同時期の体験図書や記録書、またインターネットから得た資料を見せると「私の時はそうでなかった、事実と違う」言われたこともあります。

父と同時期に同じような戦争体験をされた方で、「違う」と言われる方もいらっしゃると思います。戦況が刻々と変わったせいでしょうが、参考にした他の記録では軍用トラックがどんどん走っていた場所が、父が歩いた時はトラックが走った片りんもなかったようです。当然、食べたものも季節や場所で違い、軍隊では、立場によって内容や量も違っていたようです。

父の受けた初年兵教育では、三つの戒め「一つ、（中国人の家を）焼かない。二つ（女性を）犯さない。三つ（敵兵以外）殺さない。」があり、守られましたが、そうではない、そうはいかない部隊もあったようです。

「自分たちの命を守るために、追われないように、中国人の住む農家を焼かないわけにはいかなかった」という傷ましい記録もありました。多くの戦友を亡くす悲惨な経験の中、三つの戒めを守ることができたのは不幸中の幸いかもしれません。

幼い時から「お父さんの一番良いところは、何を食べても『あー、美味しかった』というところ」と母から聞かされて育ちました。いま改めて考えると、その長所は、戦前、戦争中、戦後と空腹の時代が多かったのが原因だと思えます。

「信じられない特技」と片付けていた、熱いものを平気で食べることができるのも同じです。適温になるのを待つと、自分の取り分がなくなる戦争体験の結果でした。

母は六十歳を過ぎて、「今までの人生で一番美味しかったものは何?」と父に聞きました。父の答えは「十代の農学校時代。すきっ腹を抱えて学校から帰宅した時に食べた、麦飯に冷えたナスのお味噌汁をぶっ掛けたもの」でした。今風に洒落ていえば、「冷汁風」のメニューでしょうか。

思いがけない質素なメニューの答に、「もっとマシな、豪華な食べ物ないの?」と母が聞き返すと、しばらく考えた後「どう考えても、麦飯に冷えたナスのお味噌汁をぶっ掛けたもの」との返事。

昭和二十年代から四十年代の高度成長の時期、父の夕刻からの仕事は、お得意様と夕食をすることでした。多くの企業の営業職は、昼間は会社で仕事をし、夕刻からは業績を上げるために得意先を飲ませ食わする営業スタイルがありました。

父が接待をしていた時期は、高価な牛肉のすき焼きや中華料理のコースを食べるのがブームになっていたそうです。仕事とはいえ、戦後美味しいものはたくさん食べていたはずです。なのに、「今までの人生で一番美味しかったもの」が、貧しい時代の空腹時に食べたものとは不思議な話です。空腹は何よりの調味料ということでしょうか。

プチ断食といい、「短期間食事を制限すると、健康になる」という内容の本を読んだことがあります。意識して空腹になると、心身の健康に良いそうです。作家の夏木静子さんの心因性の酷い腰痛の体験記『椅子がこわい』にも、治療のため入院した病院での最初の治療が断食と書かれていました。空腹には、私たちの予想を超えた効用があるのかもしれません。

父の戦争体験を聞き、考えさせられたことがいくつかありました。

その一つが、「百円ショップのビニールの風呂敷か、雨かっぱがあれば、戦死者は半分か三分の一になった」と聞いたときです。最初は「そんなもので、人の命が助かったの」と驚きました。

父の戦争は敵との戦いでなく、戦うべき部隊に行くための道中、どのように食べてエネルギーを得るかと、いかにエネルギーを消耗しないかでした。傘もなく雨に濡れることは、一番体力を消耗することだったのです。

あくまで父の考えですが、一枚のビニールの風呂敷という文明が作ったものがあれば、雨にぬれ、体力を消耗することを防ぎ、亡くなった人が半分以上に減ったというのです。

しかし、人の命を助け救う、人間にとって有り難い文明が、一方で人の命を奪うのも皮肉な現実です。その最たるものが文明が生んだ兵器、原子爆弾です。また原子力発電所も同じことがいえるでしょう。

既にはるか離れた場所からコントロールできる無人の兵器が空を飛び、敵を攻撃する時代になりました。

文明を活かし、コントロールするのは、私たち人間であるという自覚を持たなくてはいけないと思いました。


そして、情報について。

祖父の脛の傷が、日本が統治していた時代の台湾で、漢族から受けたものだというのも驚きました。その理由は二つあり、一つは単純に祖父が外国人と戦い傷ついた体験があったということ。そして二つ目は、それまで、「台湾の人は日本の統治に感謝している」と思い込んでいたからです。思いこんだ理由は、そのように書かれていた文章をたまたま読み、単純に信じていたからです。

冷静に考えれば、支援は喜んでも、支配を喜ぶ人も国もないことは当然だと分かります。

今は、すべての情報は新聞、テレビだけでなくインターネットで瞬時に手に入ります。しかし、明治維新後の日本国内の情報や選挙権は限定され、言論も統制され、一般国民の意思で政治を司る人を選ぶこともできませんでした。戦後は、日本政府に代わり、連合国軍最高司令官総司令部が情報を管理、統制しました。

父は新しい情報を収集しようと思って参加した集会のため、就職した会社でレットパージにあい、その後解雇されました。

ちなみに、米国の民間人権団体「フリーダムハウス」が報告した二〇一三（平成二五）年度の各国の報道の自由ランキングでは、日本は四二番目。一番はオランダ、ノルウェー、スウェーデンの三国。四番目がフィンランドとベルギーとすべてヨーロッパ。比較的開かれた環境にある米国が三〇番で、韓国は六八番、ロシアは一七六番、中国は一八三番。最下位は一九七番の北朝鮮。一見、情報は溢れているように見えるが、決してそうではないことを肝に命じ、時代の流れに関心を持って、情報を集め、知識と複合的な視点と判断力で選択し、行動する必要があると思えます。

さらに人と人のつながりの大切さについて。

父が「生涯を通じて一番信頼できる人」と言うのが韓国の済州島に住む権泰鴻《コンポーティ》さんです。出会いは父が五〇代の初め、八十歳まで現場で仕事をした父は働き盛りでした。金さんは、当時済州島の漁業組合の一つの組合長だった人です。利権の多い組合長を一〇年勤め、財産を残さずに、友人達に「十年の間に利権を活用して蓄財しないなんて、ばか」といわれた正直で誠実な人です。

最初に訪ねたとき、中々会ってもらえずに、二日間、漁業組合の事務所前の喫茶店で待ち続け、やっと会ってもらえたそうで、会うと、不思議に意気投合し、その日に自宅に招かれました。ところが、父は金さんのお宅で、泥酔のためおう吐するという粗相をしまいます。翌朝旅館で目覚めて、昨夜の出来事を思い出し、すぐにお詫びに行ったそうです。

その時から、本当の信頼関係が始まったと、父は言います。親しくなってわかったのは、権さんの父と兄は日本兵に殺されて亡くなっていたことです。日本の植民地時代、その統治に抵抗する抗日運動をしていてのことでした。

最初に会うまで、なぜか避けられているように感じた理由が、その時やっとわかったのです。

日本に住む人に「外国に住んでいる親戚か友達はいますか」とたずねると、少なくとも二人に一人は「はい」と答える時代だからこそ、国と国の思惑を超えられるのは、人と人の結びつきしかないことを意識しなければいけないと思います。

また、地域の人とのつながりも同じことがいえるでしょう。

戦前はお互いが助け合ってしていたことも、戦後はお金でサービスを買うようになりました。

昔は醤油が切れるとお隣さんに借りていたのが、現代では、少し歩きさえすればコンビニエンスストアで買える便利さもあり、隣人を知らなくてもこと足りる時代なのです。しかし、不測の事態が起こった時、お金で買えないサービスを補うのは、人とのつながりしかありません。

市街地の集合住宅では、個人情報を守るという理由で、誰が住んでいるかわからない部屋がたくさんあります。しかもそこに住む人たちの子供は減り、独身者や高齢者の一人暮らしの割合が増えているのです。

この現実を考えれば、個人の思惑を超え、地域の中のつながりを大切しなければ成り立たない時代になっていると思えます。

最後に平和について。

戦争関係の資料は何度読んでも、頭に入らす。勧められた城山三郎著『落日燃ゆ』を読んでも、日本が戦争を始めた、また、始めざるを得なかった背景や理由が私の頭では理解できませんでした。

ただ、「文明国」の欧米の国々から「半未開国」と位置づけられ、日本人の勤勉さが「遅れを取らずに文明国になる」という意欲に火をつけたのは理解できました。また、「文明国」に支配され、植民地になっているアジアやアフリカの「未開国」の不幸を見て、「支配されたくない」という恐怖心もあったでしょう。それに、政治や制度の不備と個人の思惑や欲望が加わり、多くの人を不幸にした戦争になったように思えました。戦争に関わった人で、金銭的に豊になった人はいても、幸せになった人は皆無でしょう。

父の故郷・葛原から見える八面山には、終戦の翌年に日米兵士を弔う慰霊柱が建てられました。

その慰霊碑は、終戦の年の五月七日、宇佐海軍航空基地を爆撃しようとしたＢ29の乗務員一一名と、爆撃を阻止するためにＢ29に体当たりした村田勉曹長を弔う碑で、日米兵士を共に弔う碑は珍しいそうです。あまりにも粗末な柱だったため、一九七〇年に郷土の篤志家により、慰霊塔として建て直されました。

一帯は平和公園として市民が憩い、碑から六〇〇メートル離れた場所の神護寺に、石造りの涅槃《ねはん》の釈迦像もあります。

「鬼畜米兵」と憎しみのエネルギーで戦っていた翌年に、「人類に国境はない」と不幸や憎しみを超えた碑を建てた人がいた事実には、救われました。

ニュースは、変わらず世界中でおこる暴動や戦火を伝えていますが、平和を共有するためには何ができるかを考える時期になっていると思いました。

そして、「戦争に行って生れて初めてリンゴを食べた」話から、戦争に関心を持った私ですが、戦争に関心を持つことが、未来の平和への一歩と信じます。

表紙と挿絵をお願いしたのは、親友の音楽家・渡辺知子ちゃんです。

知子ちゃんは、夫の橋本たかしさんとの音楽活動だけでなく、「ビートたけし・アンビリバボー」でも取り上げられた、奇跡の闘病体験も有名です。また彼女が座長を務める、障がいのある方たちとの音楽ユニット「音もだちクラブ」のスクール・コンサートも、命の大切さを感じる素晴らしいものです。そのコンサートは北九州市教職員互助会と教育委員

八面山の平和公園、左に「村田勉曹長慰霊碑」中央にB 29乗組員11人の慰霊碑

会からの依頼で、既に八年間続き、現在も継続中です。彼女の手元には、北九州市立中学校延べ一〇〇校の三万人以上の生徒の感想文があり、コンサートを聴いていじめをしていた子が、いじめられていた子に謝り、一緒にお礼を言いにきたなど感動のエピソードがたくさんあります。

両親を伴ってコンサートに行ったり、一緒に旅をしたり、お互いの自宅で食事をしたりする長いつきあいで、父の戦争話を知子ちゃんが涙しながら聞いてくれたこともありました。

「もし音楽家にならなかったら、漫画家になっていた」という言葉も何度も聞いていましたので、父の戦争体験を書こうと思ったと同時に、「イラストは知子ちゃんに頼む」と決めていました。

実際にお願いすると本人は戸惑っていましたが、

悲惨な話だからこそ、知子ちゃんのユーモアある温かい可愛い絵が欲しかったのです。お陰さまで、イメージ通りの本が完成しました。心から感謝申し上げます。

そして、父・定良と母・シズカにも改めて感謝します。逞しく生きた二人の子供であることに誇りを感じています。

最後にこの本を手にとって下さったあなたに、感謝申し上げます。

父・定良の腹ペコの戦争体験におつきあいいただき有難うございました。あなたの心に、父の体験が一つでも、残れば幸いです。

秋月枝利子

二〇一四年四月九日

秋月枝利子（あきづき・えりこ）フードサービス業、人材派遣業の営業、教育担当を経て教育コンサルタントになる。「良い仕事は良い人生につながる」をモットーに、コミュニケーション教育、ホスピタリティ教育、管理者教育など幅広い人材育成を実施する。著書に『40歳を過ぎたら考えたい　快適な老後のための7つのヒント』（海鳥社、2002年）『元気になるコミュニケーション術』（海鳥社、2008年）、共著のテキストに『ユニバーサルサービス講座』（ホスピタリティの定義）『高齢者・認知症のお客様への接客サービス』（気づきを深め、対応に活かす）がある。現在、有限会社秋月オフィス代表取締役

じいちゃんの青春《せいしゅん》
戦争《せんそう》の時代《じだい》を生《い》きぬいて

■

2014年7月23日　第1刷発行

■

著者　秋月枝利子
発行者　西　俊明
発行所　有限会社海鳥社
〒812-0023　福岡市博多区奈良屋町13番4号
電話092(272)0120　FAX092(272)0121
印刷・製本　大村印刷株式会社
ISBN978-4-87415-913-2
http://www.kaichosha-f.co.jp
［定価は表紙カバーに表示］